国语文学视域下

朱自清的声音诗学研究

刘弟娥 周 贤 著

本书受湖南省社科基金项目『「国语文学」视域下的黎锦熙研究』（24YBA135）资助

湖南师范大学出版社
·长沙·

图书在版编目（CIP）数据

国语文学视域下朱自清的声音诗学研究 / 刘弟娥，周贤著. --长沙：湖南师范大学出版社，2025. 5. -- ISBN 978 - 7 - 5648 - 5902 - 2

Ⅰ. I207. 22

中国国家版本馆 CIP 数据核字第 2025UD5993 号

国语文学视域下朱自清的声音诗学研究

Guoyu Wenxue Shiyu xia Zhu Ziqing de Shengyin Shixue Yanjiu

刘弟娥　周　贤　著

◇出 版 人：吴真文
◇责任编辑：孙雪姣
◇责任校对：沈宗兴　李　幸
◇出版发行：湖南师范大学出版社
地址/长沙市岳麓区　邮编/410081
电话/0731 - 88873071　88873070
网址/https：//press. hunnu. edu. cn
◇经销：新华书店
◇印刷：长沙市宏发印刷有限公司
◇开本：170 mm × 240 mm　1/16
◇印张：10. 25
◇字数：180 千字
◇版次：2025 年 5 月第 1 版
◇印次：2025 年 5 月第 1 次印刷
◇书号：ISBN 978 - 7 - 5648 - 5902 - 2
◇定价：48. 00 元

序 言[①]

朱自清的一些散文，如《背影》《匆匆》《桨声灯影里的秦淮河》等，已经成为现代文学史中公认的散文经典，因其独特的人格与语言魅力，朱自清也在现代文坛上留下高大的“背影”。此处所要讨论的“背影”现象，主要是基于声音诗学的前提来讨论他的散文所带来的巨大影响。自20世纪90年代以来，朱自清散文所形成的“背影”现象一直成为人们争论不休的话题，主要集中在散文语言、情调、思想等各个方面。在我们承认朱自清的文学贡献以及影响的时候，同时也要注意到，朱自清的散文作为一种重要的文学史遗产，特别是对于几代青年有着极大影响的语体，分析其正向的影响自然是研究的题中之义，但是，作为经典，思考其文体个人性与时代性的局限，也并非毫无意义。

中国新文学的发展始终与国文教育存在着密切的关系。自民国以来，朱自清的散文如《背影》《荷塘月色》《春》就频频被选入中学生的语文教材之中，而朱自清本人也是一位资深的国文教师，也参与了一些教科书的选编工作。因此，朱自清与国文教育事业有着紧密联系，他的文学创作必然会对语文教育产生不小的影响。而对于自己教员身份与写作的关系，朱自清也有清醒的认知，如他在《写作杂谈》中总结过因为“国文”教师的

---

① 本文引自刘弟娥，周贤．“背影”现象：朱自清声音诗学对语文教育的影响［J］．广西教育学院学报，2024，39（6）：176－182．（有删改）

身份，“就决定了我的作风，……我的写作大体上属于朴实清新一路”①。也因为是“国文”教师的关系，“我注意每个词的意义，每一句的安排和音节每一段的长短和衔接处”②。正因为有着这样清醒的身份认知，在这一基础上讨论朱自清作品的国文教材入选情况，才具有典型的意义。

可以发现，即使历经多次大规模的教科书变革，几十年来，朱自清的散文依旧被保留在语文教科书中，成为语文教育界公认的经典作品。从朱自清散文声音写作的角度出发，我们发现他的散文教育价值主要体现在两个方面：散文语言的示范意义以及对中学生文学审美的培养。朱自清曾说过自己在中学和大学里连续担任了多年国文作文课程，养成了对于语言文字的特殊兴趣，“我的写作的经验有两点也许可以奉献给青年的写作者，一是不放松文字，注意到每一词句，我觉得无论大小，都该从这里入手”③。

20 世纪 40 年代，由叶圣陶、朱自清等人编撰的《开明新编国文读本》突破了当时“国定本”对教材的垄断，呈现出鲜明独立的教育体念，是民国时期影响较大的教科书之一。“开明”系列的教科书坚持选择体现“五四”以来新文学实绩的作品，并且首次将新文学很多经典篇目选入国文教科书，可谓民国时期国文教科书新文学选文的集大成者。④ 而最能体现新文学创作实绩的重要一点，在于语体文的语言的典范性。朱自清在《论大学国文选目》一文中曾反驳称：“大学国文不是中国学术思想，也还不能算中国文学，它主要的是一种语文训练。”这一观念透露了他的“国文”教育理念，他认为“大学国文不但是一种语文训练，而且是一种文化训练。朱先生（指朱光潜——笔者注）希望大学生的写作能够‘辞明理达，文从字顺’；‘文从字顺’是语文训练的事，‘辞明理达’，便是文化训练的事”⑤。

叶圣陶也认为，中学国文科教学不能只注重精神和思想的训练，语言

---

① 朱自清．写作杂谈［M］//朱自清全集（第 2 集）．南京：江苏教育出版社，1988：105.

② 朱自清．写作杂谈［M］//朱自清全集（第 2 集）．南京：江苏教育出版社，1988：105.

③ 朱自清．写作杂谈［M］//朱自清全集（第 2 集）．南京：江苏教育出版社，1988：108.

④ 张蓬．中国“新文学”与“国文教育”互动关系研究［D］. 长春：东北师范大学，2021.

⑤ 朱自清．论大学国文选目［M］//朱自清全集（第 2 集）．南京：江苏教育出版社，1988：18.

文字的基本能力培养才是根本，二者之间不能失去平衡。① 那怎样的语言才是能作为语体文典范的呢？在朱自清与叶圣陶合写的文章《理想的白话文——以“上口不上口”作标准》中，他们提出只要符合“上口”的标准，即使句子当中有文言成分，也是理想的白话文。这样的文学作品才能被选入教科书，成为学生学习的典范。

朱自清散文多次被选入教科书的文章，如《匆匆》《春》《背影》等，都是具有声音美感的作品。除此之外，朱自清散文的声音节奏使文章朗朗上口，具有音乐美。而韵律与记忆之间存在着内在联系，正如布罗茨基所说，记忆女神是音乐女神之母，节奏感强的作品一般便于记忆。在反复朗诵之中，朱自清的散文作品就能不自觉地留存在学生的脑海中，形成记忆，在潜移默化中提升学生的语文素养与审美品位。

《春》可以通过朗读来体会其语言的声音节奏美，《背影》也能从反复朗读中体会情感的美。在人教版的初中语文课本中，《背影》所在的单元导语也强调“读”：这个单元以“爱”为主题，几篇课文都在诉说对亲人的关爱，使我们从课文中感悟到“爱”这种博大的感情，从而陶冶情操。熟读这些课文，有助于了解叙述、描写等表达方式，揣摩记叙文语文的特点。因而，朗读是还原朱自清散文美的一个重要方式。朱自清在写作中对语言声音的仔细斟酌，通过朗读中声音的还原，更能直观地感受语言的韵律美，以及话语中蕴藏着的自然朴素的“谈话风”韵味，声动而情发，情感的美自然也呼之欲出了。

总体而言，朱自清散文由“言”带来的声音体验，形成“象”的想象渲染，最后到“意”的领会体悟，一层接着一层，带来纵向深入的审美体验，以此加强中学生的审美教育。

① 叶圣陶．叶圣陶教育文集（第3卷）[M]．北京：人民教育出版社，1994：114.

目 录

绪　论

一、从文学语言的“现代化”说起

“凡是文学上的重大的变动，起初必定是文字问题。”①“文学革命”的发难之作，《文学改良刍议》提出的“八事”，多涉“新文学”“语言”变革的构想，其中列出的“需讲求文法”② 一项，则是白话文学区别于文言文的关键。基于此，朱自清简捷地将白话文学的语言变革称为文学的“现代化”③

胡适在首倡“白话文学”一年后，进一步提出“国语的文学”与“文学的国语”，在重申“不做不合文法的文字”④ 的基础上，认定只有文学语言的“国语”化，才能有“白话文学”真正的成功，“有了国语的文学，方才可有文学的国语。有了文学的国语，我们的国语才可算得真正国语。国语没有文学，便没有生命，便没有价值，便不能成立，便不能发达”⑤。从“国语的文学”一面而言，这一表述是对之前“不做不合文法的文字”内容的提升；从“文学的国语”一面而言，其目的则是建构“标准的国语”，以

---

① 梁实秋．浪漫的与古典的：文学的纪律［M］．北京：人民文学出版社，1988：7.

② 胡适．文学改良刍议［J］．新青年，1917，2（5）：26－36.

③ 朱自清指出白话文学的“欧化”，即为文学的“现代化”，如“我们的生活在欧化（我愿意称为现代化），我们的语言文字适应着，也在现代化，其实是自然的趋势。”参见朱自清．写作杂谈［M］//朱自清全集（第2卷）．南京：江苏教育出版社，1988：107.

④ 胡适．建设的文学革命论［J］．新青年，1918，4（4）：6－23.

⑤ 胡适．建设的文学革命论［J］．新青年，1918，4（4）：6－23.

求实现新文学语言变革的任务。而“国语的文学”如何实现，“文学的国语”标准如何，这些最后都需要落实到文学创作的实践中去。针对胡适的提议，周作人在《国语改造的意见》一文中将“国语文学”形成的前提细化为“文法、文学、教育”这三大标准的完成与否。① “国语文学”的成功与否，与“文法”是否成为白话文学的规范，现代汉语文学书面语是否形成，白话文学教育是否普及这三个维度有密切的关系。

因新文化同人的创作实绩以及此类作品在青年学生中的广泛影响，1920年1月12日，北洋政府教育部顺应全国新文学高涨的势头，并在占据当时教育要津的新文学主将的推动下，终于命令全国国民学校在一、二年级的时候，开始将“国文”改为“语体文”，并要求自1922年起，国民小学教科书一律改为白话文，至此，胡适试图以白话文建构“国语的文学”与“文学的国语”，名实才得以相称。

胡适提出“国语的文学”与“文学的国语”的概念，这对白话文学也对现代语言政策产生了极大的影响。现代白话文学虽然主张“口语化”，但是将这种“口语”落到纸面，即将其变为字面上的文字，已然与“引车卖浆者流”口中所言的“口语”拉开了距离。而如果要建构“国语的文学”，则需要在白话文学写作的基础上，通过筛选，逐步建立比较完善的白话书面语体系，即“文学的国语”。

综观现代文学三十年的散文创作，自周作人提出“艺术性”的“美文”，“给新文学开辟出一块新的土地来”②，鲁迅、周作人的散文建构了现代中国新的美学规范，但二人的“美文”，相对而言，老成而持重，理想读者当为哲思深厚者；其后，冰心女士横空出世，“满蕴着温柔，微带着忧愁”③，抚慰了当时年轻人的心灵，其含蓄蕴藉，节制有度，一定程度满足了青年读者的需求；朱自清以诗人的面目出现于文坛，后以散文获得更大

① 周作人．国语改造的意见［J］．国语月刊，1922，1（10）：1－5.
② 周作人（署名子严）．美文［N］．晨报，1921－06－08：7.
③ 冰心．繁星·春水［M］//冰心全集（第1册）．福州：海峡文艺出版社，2012：315.

的知名度，成为入选大中小学国文课本①的热门，即便反对者也承认“三十年来，《背影》《荷塘月色》一类的散文，已经成为中国国文的必选之作，朱自清三个字，已经成为白话散文的代名词了”②。朱自清的意义，不仅仅是文学史的意义，在语文教育史上，对一代代的青年自有其影响在。

周作人提出“美文”的概念，主张“用自己的文句和思想”写作“记述的”“艺术性的”的“美文”。③“艺术性”的“美文”的成功，无疑是要记上朱自清的大名。他的散文与当时新文学主潮相呼应，在年轻的阅读者群体中广为流行，成为语文（国文）教材选目，从而形塑了现代青年学生的文学审美。以此，本课题的主要议题即是试图从国语文学的角度，探讨朱自清文学实践的声音诗学，从而进一步了解朱自清散文作为现代散文“模范”④ 的意义。

“后五四”的作家朱自清，不但深受“五四”一代启蒙思想的影响，而且也受到了现代白话文学的文学观念的深刻影响，朱自清在《诵读教学与“文学的国语”》一文中提出以“‘上口’来做白话文的标准”⑤。他文学观的核心——“上口”与“入耳”⑥ 这一标准即是从胡适所提倡的“有什么话，说什么话；话怎么说，就怎么说”⑦ 总结而来。若从文学文本、文学语言、文学教育三维层面进行观照，朱自清对“国语文学”的贡献是多方面

① 清末“新政”改“省书院”为“大学堂”，以“国文科”取代“读经科”，民国初年，小学、中学统称为“国文”，“五四”运动后，小学“国文”改称“国语”，其后，叶圣陶等人提出“语文”的概念，中华人民共和国教育部采纳了叶的建议，不再使用“国文”“国语”两个名称，一律改为“语文”，从此“语文”成了中小学的一门主课。参见李杏保，顾黄初．中国现代语文教育史［M］．成都：四川教育出版社，1997：69－110，339－350.

② 1992年《名作欣赏》“名作求疵”一栏刊出余光中的《论朱自清的散文》，提出“朱自清真是新文学的散文大师吗?”这一话题，余光中的结论是：“用古文大家的水准和份量来衡量，朱自清还够不上大师。”“置于近三十年来新一代散文家之列，他的背影也已经不高大了。”这实为大师评大师的经典文评案例。参见余光中．论朱自清的散文［J］．名作欣赏，1992（2）：31－34.

③ 周作人（署名子严）．美文［N］．晨报，1921－06－08：7.

④ 浦江清．朱自清先生传略［J］．国文月刊，1948（72）：30－32.

⑤ 朱自清．诵读教学与“文学的国语”［M］//朱自清全集（第3卷）．南京：江苏教育出版社，1988：182.

⑥ 朱自清曾说过，“‘上口’的意义，严格的说，该是口语里有了的。”参见朱自清．朗读与诗［M］//朱自清全集（第2卷）．南京：江苏教育出版社，1988：392.

⑦ 胡适．建设的文学革命论［J］．新青年，1918，4（4）：6－23.

的，以“上口”为标准的声音诗学不但建构了朱自清的文学美学，同时也影响了后代的读者。

基于对“五四”师长辈提出的白话文学观的信奉，朱自清在文学文本层面不但重视文字的声音节奏，同时也注意到随着句子组织而变的声音节奏，他认为“韵律的性质，一部分随着字音的性质而变，大部分随着句的组织而变”①。正因为有了这样的认知，朱自清才能以“欧化语体”为句子的基本结构，糅合文言与口语词汇，从而在“欧化语体”之外，建构比较纯熟的现代白话语体。另外，从思想启蒙的角度，朱自清认识到文字的声音节奏不只关乎听觉美，也能与作品的思想情感融为一体，他期望通过创作延续五四时期的思想革命②，明确指出诵读“声音”的熏陶效果，“诵读可以帮助思想和写作技术的进步”③。在文学形式启蒙的角度，朱自清认为文学不仅仅要立足于思想的启蒙，对于文学形式的启蒙也有必要，他呼吁白话文的创作者以“榜样或标准”④ 的高标准来进行创作。他说：“文言文的诵读，该只是为了解和欣赏而止，白话文的诵读，才是一半为了榜样或标准。”⑤ 因而，从“国语的文学”视角而言，朱自清独特的声音诗学，不但是“国语的文学”的榜样，同时也为“文学的国语”立定了标准。⑥

人类语言分三大部门：语音、语义与句法，其中语音最直感、最达情、

---

① 朱自清．文艺之力［M］//朱自清全集（第4卷）．南京：江苏教育出版社，1988：104.

② 如钱玄同在为胡适的《尝试集》作序时，曾盛赞此书“自由发表我们自己的思想和情感。这才是现代的白话文学——才是我们所要提倡的‘新文学’”“就是用现代的白话表达适之自己的思想和情感”。而这种由作品的形式呈现出来的思想感情，也是朱自清期望延续“五四”思想革命的一种方式。参见钱玄同．《尝试集》序［M］//胡适．尝试集．上海：亚东图书馆，1922：12.

③ 朱自清．中学生的国文程度［M］//朱自清全集（第2卷）．南京：江苏教育出版社，1988：31.

④ 早在20世纪40年代，朱自清的散文就被称为“白话美术文的模范”。参见浦江清．朱自清先生传略［J］．国文月刊，1948（72）：30－32.

⑤ 朱自清．再论中学生的国文程度［M］//朱自清全集（第2卷）．南京：江苏教育出版社，1988：32－38.

⑥ 在黄伯荣、廖序东主编的《现代汉语》一书中，对“现代汉语普通话”有这样的界定：“以北京语音为标准音，以北方话为基础方言，以典范的现代白话文著作为语法规范的普通话。”朱自清的散文无疑是“典范的现代白话文著作”的代表作品，其对“现代汉语普通话”做出的“语法规范”是毋庸置疑的。参见黄伯荣，廖序东．现代汉语（上）［M］．北京：高等教育出版社，1991：4.

最具音乐性，也最易艺术化。① 当我们论及“五四”新文学，多讨论其思想的启蒙性，往往忽略其文学形式上的启蒙。朱自清的散文在现代文坛有一席之地，与他注重文学的声音之美有很大关系。在“破坏旧韵，重造新韵”② 的新文学主流话语中，朱自清以自己的创作实践了现代散文的“新韵”重建，也一定程度上实现了现代声音诗学的启蒙。本研究以“国语文学视域下朱自清的声音诗学研究”为题，探究“五四”时期“国语文学”观对朱自清文学观的形塑，以及朱自清以其文学创作助推“国语文学”形成的这种双向“奔赴”的文学景观。本书试图就此一议题展开论述，并借此讨论白话文学的“声音诗学”对“文学的国语”的建构性意义，继而从“声音”的角度，发现长期被主流视觉批评所遮蔽的文学声音的领域。

二、国内外研究现状与文献综述

基于以上分析，了解声音诗学的研究现状，以及朱自清文学作品的诗学研究的现状两个维度是本研究展开的前提。

（一）声音诗学研究

1. 国内声音诗学研究

声音诗学是中国古代文论的一个重要部分，内容主要集中于“声韵”“声律”“声情”这几个方面。

上古时期，诗、乐、舞一体，先秦的声音诗学是在诗乐合一的体制之下论述的，这一时期言及的“声音”与“节奏”，大多以乐曲的声律为着眼点。魏晋南北朝时期，陆机在《文赋》中提出“暨音声之迭代，若五色之相宣”③，陆机在这里指出文章的声音变化有致，其声音之美，就若绚丽多彩的颜色一样，让读者赏心悦目。而后，沈约提出著名的“四声八病”之说，刘勰在《文心雕龙》中也对“声律”有详细的论述：“故言语者，文章

---

① 冯胜利．汉语韵律文学史：理论构建与研究框架［J］．中国社会科学，2022（11）：27－48，204－205.

② 刘半农．我之文学改良观［J］．新青年，1917，3（3）：1－13.

③ 钟嵘．文赋译注［M］．张怀瑾，译注．北京：北京出版社，1984：32.

关键，神明枢机，吐纳律吕，唇吻而已。”① 范文澜注：“此言声音为文章之关键，又为神明之枢机；声音通畅，则文采鲜而精神爽矣。”② 不同于沈约对四声八病的讲究，刘勰更强调调音、押韵等问题，提出“和”为声律的意义，如“异音相从谓之和，同声相应谓之韵”“滋味流于下句，气力穷于和韵”。③ 隋唐时期以后特别是明清时期，关于声音诗学的论述更加系统、全面。李东阳提出“以声辨体”，“言之成章为文，文之成声者则为诗”④，认为声律特征是诗文的根本差异所在。王夫之提出“声情说”，“乐记云：‘凡音之起，从人心生也。’固当以穆耳协心为音律之准”⑤。他将声与情的统一作为评诗的标准。此外，还有许多文人做出了不少的阐述，在此不一一赘述。

值得注意的是，古代文论的声音诗学虽然大多与诗歌、音乐相关，但与古文的关系也很密切。骈文、汉赋等重声律的文体自不必说，清代桐城派文学家们对文章中的声音问题尤为关注。刘大櫆强调音节对文章的重要影响，他在《论文偶记》中写道：“神气者，文之最精处也，音节者，文之稍粗处也，字句者，文之最粗处也，然论文而至于字句，则文之能事尽矣。盖音节者，神气之迹也，字句者，音节之矩也。神气不可见，于音节见之，音节无可准，以字句准之。”⑥ 方东树重视“精读”，认为精读后方可“暗通其气”，然后可以自成其辞：“夫学者欲学古人之文，必先在精诵，沉潜反覆，讽玩之深且久，暗通其气于运思置词迎拒措注之会，然后其自为之以成其辞也，自然严而法，达而藏；不则，心与古不相习，则往往高下短长龃龉而不合；此虽致功浅末之务，非为文之本；然古人所以名当世而垂为后世法，其毕生得力，深苦微妙，而不能以语人者，实在于此。”⑦

---

① 刘勰．文心雕龙札记［M］．黄侃，注．上海：华东师范大学出版社，1996：189.

② 范文澜．文心雕龙注［M］．北京：人民文学出版社，1958：557.

③ 刘勰．文心雕龙札记［M］．黄侃，注．上海：华东师范大学出版社，1996：189.

④ 转引自郭绍虞．中国文学批评史［M］．天津：百花文艺出版社，2008：377.

⑤ 转引自寇养厚．古代文史论集［M］．济南：山东大学出版社，1999：285.

⑥ 转引自黄霖，蒋凡．中国古代论文选编［M］．上海：复旦大学出版社，2022：998.

⑦ 转引自徐中玉．中国近代文学大系 1840—1919（第 1 集）［M］．上海：上海书店出版社，1994：375.

学界对现代文学的声音诗学研究不但在声律、声韵以及声情这三个方面有所继承，基于中西文化的激荡交流，相关的研究也有所拓展。在“声律”“声韵”方面，郭绍虞的多篇文章，如《中国诗歌中之双声叠韵》《中国语词之弹性作用》《中国语词的声音美》《论中国文学中的音节问题》，从音节、声律、修辞等角度，分析了中国诗歌语词的声音美。闻一多、朱光潜、宗白华等先生都曾论述过诗歌的声韵问题。朱光潜还将声音节奏拓展到“五四”的白话文写作中，提出“不拘形式，纯任自然，这是语体文声音节奏的特别优点”①。在“声情”方面的开掘中，高友工教授从节奏性、表现性等方面研究中国抒情文学，尤其是律诗的“声”与“情”的问题，认为中国文化是文字与口语两个并存的语言传统，兼有听觉的声语和视觉的字语两个脉络。② 陈伯海教授将声韵的本源和功能，归诸生命的律动与和谐③。陈引驰教授还列举古代文章写作中声音表现，将清代桐城学派对声音问题相关论述作为佐证，并梳理其与诗学声音问题的可能关联。④ 这又进一步拓宽了声音诗学研究范围。

也有学者试图将声音诗学应用在对诗歌与散体文的研究中。如罗良功的《论美国非裔诗歌中的声音诗学》⑤，以诗歌文本中的声音为研究对象，探究美国非裔诗歌中的声音形态以及文本化，并探究其声音诗学的文化基础、文化意义以及美学意义。罗良功将声音诗学作为文学策略，拓宽了声音诗学的研究范畴。魏雯静的《张执浩的声音诗学》⑥，从张执浩声音诗学的审美特质、文本建构、价值呈现三个方面论述张执浩的诗学理想与精神世界。张宏的《莫言的茂腔叙事及声音诗学》⑦，将声音诗学引入小说的评

---

① 朱光潜．谈文学［M］．南京：译林出版社，2020：77.

② 高友工．美典：中国文学研究论集［M］．北京：生活·读书·新知三联书店，2008：182－183.

③ 陈伯海．中国诗学的声韵节奏论［J］．河北学刊，2006（3）：123－130.

④ 陈引驰．“文”学的声音：古代文章与文章学中声音问题略说［J］．文艺理论研究，2012（5）：35－42.

⑤ 罗良功．论美国非裔诗歌中的声音诗学［J］．外国文学研究，2015（1）：60－70.

⑥ 魏雯静．张执浩的声音诗学［D］．武汉：华中科技大学，2020.

⑦ 张闳．莫言的茂腔叙事及声音诗学［J］．小说评论，2020（5）：105－118.

论中，从莫言的声音经验、小说中的声音景观以及叙述声音等方面，阐述了莫言小说独特的声音腔调背后的情感倾向。

相较于传统声音诗学研究的深与广，尽管在西方声音诗学的影响下，现代声音诗学研究的深度与广度有所拓展，但囿于现代白话文学的“有什么话，说什么话；话怎么说，就怎么说”① 这一观点，现代文学，特别是散体文的声音诗学特点，当前的研究成果与实际产生的影响并不匹配。

2. 国外声音诗学研究

21 世纪，国外的声音理论开始介绍到国内。玛乔瑞·帕洛夫（Marjorie Perloff）和克雷格·德沃金（Craig Dworkin）于 2009 年出版《声音诗学》（*The Sound of Poetry / The Poetry of Sound*），这本书探讨了声音如何构成诗歌的一部分，以及声音如何影响诗歌的意义和解释。它的部分章节已被翻译成中文，在中国的文学理论研究中产生了一定影响。黛博拉·施泰纳（Deborah Steiner）在 *The Poetics of Sound：Callimachus' Rereading of Pindar Fragment 70B S. -M.* ② 一文中对古希腊诗人卡利马科斯与品达的诗歌进行对读，通过诗歌中的声音景观，发现他们所体现出的声音诗学的共性。肖恩·古德（Sean Gurd）在 *Resonance：Aeschylus' Persae and the Poetics of Sound*③ 一文中，从声音节奏、哲学意义、感官共鸣等角度重新解读埃斯库罗斯的戏剧，颇具创新。

声音诗学是一个尚未被研究透彻的问题。从声音诗学的研究综述来看，在文学研究领域，当下对声音诗学的运用已经从诗歌研究拓展至小说等散体文领域，且主要涉及文学语言的韵律（如上文所述的“声律说”“声韵说”）、文学中的声音景观（“*Soundscape*”，这一概念最初由加拿大作曲家罗伯特·默里·谢弗提出，后被运用于文学研究中，如巫洪亮《重审 20 世纪

---

① 胡适．建设的文学革命论［J］．新青年，1918，4（4）：6 – 23.

② Deborah Steiner. The Poetics of Sound：callimachus' Rereading of Pindar Fragment 70B S. -M.［J］．Classical Philology，2015，110（2）：99 – 123.

③ Gurd Sean. Resonance：aeschylus' persae and the Poetics of Sound［J］．Ramus，2013，42（1 – 2）：122 – 137.

20—80 年代中国新诗朗诵的声音景观》[①]，吴佳卉《上海文学中的声音景观与城市想象——以爵士乐书写为中心》[②] 等）、文学声音的情感倾向（如“声情说”）、作家个人的语体色彩（如上述张宏《莫言的茂腔叙事及声音诗学》）等各个方面的内容。综上所述，声音诗学有着深厚的理论渊源，尤其是中国古代文论对声音诗学的阐述较为深入，但由于古人的声音诗学阐述散见于各种论著中，当下学界对其的研究缺乏系统性，缺少历史谱系的整合。虽然，传统的声音诗学在当下的文学语境中，依然具有深远的影响力，国外传入的声音理论对我们的文学研究也有启发，但当前学界在对具体文学作品的声音诗学研究还远远不够，仍旧存在以下两个维度的困境：一方面囿于现代白话文发展过程中，现代文学，特别是散体文对声音诗学的拒斥，当前对散体文的声音诗学研究要么继承无力，要么创新不足；另一方面，对国外的声音理论，存在着某种程度的食而不化。笔者认为，应该结合当下的文学创作，探究中国声音诗学传统的当代价值，并吸收西方当下的诗学理论，实现声音诗学理论的创新发展。

（二）朱自清文学作品的诗学研究

作为现代文学史上的经典作家，学界对朱自清文学作品的研究经历了以下几个阶段。20 世纪 40 年代为朱自清白话文学经典性确认时期，以身兼文学家与教育家二重身份的叶圣陶、浦江清等对朱自清文学创作特别是散文“模范”的解读为主；第二阶段为 20 世纪 50 年代至 20 世纪末，是对朱自清散文经典性的重认时期；21 世纪以来，因国外语言哲学与相关美学论著的传入，对朱自清作品的诗学研究呈现多元解读的态势。

1. 早期短篇小说及诗歌研究

（1）朱自清短篇小说研究

1923 年朱自清在《小说月报》上发表《笑的历史》后，又有渭川、翳

---

① 巫洪亮. 重审 20 世纪 20—80 年代中国新诗朗诵的声音景观［J］. 现代中国文化与文学，2022（1）：300－314.

② 吴佳卉. 上海文学中的声音景观与城市想象——以爵士乐书写为中心［D］. 上海：上海外国语大学，2022.

蒲、镜如、善行发表了四篇对《笑的历史》的文学评论，他们大多更关注小说关于旧家庭的主题意蕴。如善行注意到了朱自清语言的“自然”，即用自然流利的日常口语细致地描绘旧家庭的琐碎。但这几篇评论更多侧重于主观地论述作品给人的直观感受，缺乏理论性的系统论述，始终流于表层不够深入。

朱自清本人对自己的小说也有过评论，他认为：“《笑的历史》只是庸俗主义的东西，材料的拥挤，像一个大肚皮的掌柜；《别》的用字造句，那样扭扭捏捏的，像半身不遂的病人，读着真怪不好受的。”① 虽然在一定程度上有自谦的意味，但他在转向散文创作后，回头来看自己的短篇小说，认为行文扭捏且“读”起来不好受，也能证明在前期的小说创作中，朱自清尚处于语言的探索阶段。

（2）朱自清白话诗歌研究

在文学史上，朱自清首先是以诗人的身份出现的。1923 年，他发表长诗《毁灭》，引发了当时不少的评论。俞平伯认为，《毁灭》“风格底宛转缠绵，意境底沉郁深厚，音调的柔美凄怆，只有屈子底《离骚》差可仿佛”，又提出《毁灭》的“技术”，不是“诗中真正价值之所在”，但“在新诗坛上，亦占有很高的位置”。② 同时，郑振铎也对这首诗作出了较高评价，认为它“远远的超出《尝试集》里任何最好的一首，功力的深厚，已决不是‘尝试’之作，而是用了全力来写着的”③。在《毁灭》发表之后，朱自清转向了散文的写作并取得了较大的成就，对于他诗歌的评论也逐渐减少。

综观朱自清诗歌的创作研究，可以发现多集中在艺术与思想方面，且论述大多一致。在朱自清诗歌美学评论方面，首先都关注于朱自清诗歌的形式、语言，如陈孝全在《论朱自清的诗歌创作》④ 中提出，朱自清对诗歌进行结构、形式的创新，并善于通过丰富的想象构造艺术图景，在语言上

---

① 朱自清．朱自清全集（第 1 卷）［M］．南京：江苏教育出版社，1988：33.
② 俞平伯．读毁灭［J］．小说月报，1923（8）：29－37.
③ 郑振铎．中国新文学大系・导论集［M］．上海：上海书店出版社，1940：73.
④ 陈孝全．论朱自清的诗歌创作［J］．天津师院学报，1980（3）：62－67.

也呈现出口语化、自然素朴的个人特色。陈孝全结合了具体的诗歌进行论述，较为细致充实。邓必铨《跟着时代超越诗坛——试论朱自清新诗的思想艺术成就》① 将朱自清与其他早期白话诗人进行比较，认为朱自清的诗歌用纯粹的白话文写作且形式自由，推动了诗体大解放的发展，他对朱自清的新诗创作提出了较高的评价，不乏新的观点。

另外，有一些学者关注到朱自清的诗歌对其散文写作的影响，如梁振桂《论朱自清早期诗歌对其散文创作的影响》②，认为朱自清早期诗歌含蓄、凝练的语言风格影响了其散文的语言及风格，将诗歌与散文的艺术风格进行比较，具有一定创新性，但对于二者之间如何构成影响的相关论述较为简略。

综上所述，学界对于朱自清诗歌的研究主要集中在结构、语言、意境等方面的分析之上，呈现出主题深入的特点，但也容易囿于成见，限制研究者的视野。

2. 散文诗学研究

当前学界对朱自清文学研究，除少数研究涉及朱自清的诗歌与小说创作之外，多数集中在对他的散文美学的研究。

（1）语言美

语言别具特色是朱自清散文美学一个重要的因素。朱自清将中国现代散文"漂亮缜密"一派写法的风采发挥得淋漓尽致。因而，一些学者试图从语言这个角度解读朱自清散文的美学艺术。

一些研究者认为，"谈话风"的语言风格形成了朱自清散文的独特魅力。吴周文在《朱自清散文艺术论》③ 第八章"谈话风境界的创造"中，通过详细的论述分析了朱自清"谈话风"语言的形成，指出朱自清从口语中提炼艺术化的语汇、句法、节调等，使散文语言源于口语又高于口语，

---

① 邓必铨．跟着时代超越诗坛——试论朱自清新诗的思想艺术成就［J］．南昌大学学报（人文社会科学版），1989（3）：59－64，95.

② 梁振桂．论朱自清早期诗歌对其散文创作的影响［J］．云南民族大学学报（哲学社会科学版），2012，29（2）：129－133.

③ 吴周文，等．朱自清散文艺术论［M］．南京：江苏教育出版社，1994：140－173.

从而具备艺术美。该研究将文本分析与结论阐述紧密结合，具有一定的价值。

《朱自清散文文体的独创性及特殊的“语言指纹”》① 指出，朱自清的白话文本是中国传统与西方的技艺糅合而成，因而能在通俗、流畅的白话叙事中营造出漂亮缜密的现代化艺术文本。文章通过“语言指纹”这一观点，认为朱自清“谈话风”的语言创造是其文本创造的第一标识，给予朱自清“谈话风”语言风格较高的历史评价，论述颇具创新性。但是，朱自清的散文对传统语言有哪些继承？又如何与西方的语言技艺杂糅而成？此论文对这些方面语焉不详，这也是笔者试图展开论述的一个方面。

一些学者从语言修辞的角度来探究朱自清散文的语言美。郑建华《浅论朱自清散文语言中的“通感”艺术》② 将朱自清通感艺术的运用与他散文创作心理轨迹相结合，并结合具体的文本进行分析，包括前期的《荷塘月色》等作品，也有《瑞士》《威尼斯》等后期散文创作，论述较为全面丰富。陈庆汉《行文如诗　笔笔如画——试论朱自清早期散文移觉辞格的运用》③ 从语言修辞的角度切入朱自清的散文，认为移觉辞格的使用也是朱自清散文语言美的一大原因，切入朱自清语言的视角具有创新性。“通感”这一修辞格是由修辞学家陈望道提出来的，而朱自清的《荷塘月色》一文中的相关写作，往往被视为“通感”修辞的经典范式。但是，除了“通感”之外，朱自清文学创作中丰富的语音修辞，尚未被较好地阐释，这也是笔者试图深入论述的内容。

音乐美也是朱自清语言美的一个重要因素。徐鸿《率真的情　谐和的美——朱自清对中国现代散文艺术的探索与贡献》④ 通过对朱自清双声叠

---

① 吴周文，张王飞．朱自清散文文体的独创性及特殊的“语言指纹”［J］．江苏社会科学，2017（1）：167－173.

② 郑建华．浅论朱自清散文语言中的“通感”艺术［J］．盐城师专学报（人文社会科学版），1997（3）：16－17，23.

③ 陈庆汉．行文如诗　笔笔如画——试论朱自清早期散文移觉辞格的运用［J］．修辞学习，2001（5）：35－36.

④ 徐鸿．率真的情　谐和的美——朱自清对中国现代散文艺术的探索与贡献［J］．西南民族学院学报（哲学社会科学版），1999（2）：118－124.

韵、叠音词、象声词、喻声以及散文的节奏等方面分析其语言音乐美的构成，并结合相应的文本分析，较为全面具体。由于汉字的语音特性，以及朱自清自己对文字音乐性的追求，这一方面的论述也还有继续讲述的空间。

（2）意境美

麦石安《论朱自清散文的意境创造》① 提出朱自清散文成为经典“美文”的一个重要原因，在于其内涵丰富的意境，他通过分析朱自清具体的散文作品，指出其散文创作的结构、描叙、语言运用都自觉地追求和创造着独特的意境。陈孝全《朱自清散文“以文作画”的艺术》② 提出朱自清重视散文的形象意境创造，从而使散文成为“有形的画，无形的诗”，是朱自清借鉴、融会与化用“诗中有画，画中有诗”的艺术原理进行散文创造的产物。

（3）人格美

吴周文在《诗教理想与人格理想的互融——论朱自清散文的美学风格》③ 中指出，朱自清偏向儒家诗教传统的温柔敦厚的审美人格，使他的散文在吸收英式随笔“表现自己”的同时，又表现出对东方审美艺术传统的认同与回归。该文章从中国古典文化传统的角度对朱自清散文中所体现的人格理想及其表现进行了阐释，具有创新意义。冯振亳、黄志武在《也谈朱自清散文的审美艺术》④ 中分析了朱自清散文中人格美、人情美、人性美的表现，认为这些主体精神品格的展现构成了他散文历久弥新的审美艺术特点。

综上所述，当前对朱自清文学作品的研究呈现出多角度、多视野的态势，在很多层面均有突破。但对朱自清文学创作，特别是散文美学的研究，

① 麦石安．论朱自清散文的意境创造［J］．中山大学学报（社会科学版），1996（5）：98－104．

② 陈孝全．朱自清散文“以文作画”的艺术［J］．华东师范大学学报（哲学社会科学版），1996（3）：15－19．

③ 吴周文．诗教理想与人格理想的互融——论朱自清散文的美学风格［J］．文学评论，1993（3）：138－150＋109．

④ 冯振亳，黄志武．也谈朱自清散文的审美艺术［J］．广东民族学院学报（社会科学版），1997（3）：13－18．

多注重传统的语言、主题、意象等方面，即使涉及语音的部分，也很少从声音诗学的角度进行考量。此外，也忽略了朱自清创作前期相关的文学活动对其文学观的形塑。本书试图以“国语文学”的发展为背景，从声音诗学的角度，即从文学文本层面（包括字句的声音节奏，句子组织形成的韵律等）、教育层面（包括“国文”教育的“上口”“顺耳”“顺眼”这一过程的达成）入手，最终达到“文法”层面的“标准”，促成现代汉语书面语的形成，进而探究朱自清文学创作在“国语文学”发展史中的价值与地位。

第一章 国语文学视域下朱自清“音本位”观念的形成

19 世纪末 20 世纪初，中国传统文化与西方文化不断形成交织、碰撞，成长于“五四”时期的文人不可避免地受到这两种文化的影响，并内化为他们文学创作的原动力。要追寻朱自清声音诗学观的形成，那些渗透在他成长经历之中的时代精神、教育经历必然具有重要意义。① 另外，在“国语改革”与“文学革命”“双潮合一”② 的背景下，旧的声音诗学传统面临着新的美学规范的挑战。就朱自清个人的教育经历而言，他自小接受传统的中式教育，青年时期又受到了西式教育的影响，传统音韵之学与西方声音诗学在潜移默化之中也形塑了朱自清诗学观，共同建构了朱自清的文学观，也形成了“国语文学”独特的文学景观。

第一节 “文学革命”与白话声音诗学的形成

一、白话文学“音本位”的形成

自晚清开始的切音字、国语运动、白话文运动等语言文字改革运动后，

① 关于自己为何会走上写作诗文之路，朱自清曾这样剖明心迹：“十年前正是五四运动的时期，大伙儿蓬蓬勃勃的朝气，紧逼着我这个年轻的学生；于是乎跟着人家的脚印，也说说什么自然，什么人生。”参见朱自清．朱自清全集（第 1 卷）［M］．南京：江苏教育出版社，1988：160.

② 黎锦熙．国语运动史纲［M］．北京：商务印书馆，2011：136.

"音本位"观念渐兴。① 胡适在回忆清华学生监督处钟姓书记"改良中国文字"的宣传品，激发了自己的"文学革命"思想萌发②这一经历时，道出白话文学"音本位"观念渐兴的端倪：晚清"改良中国文字"在于使文字"易于习学""易于听"，目的在于使"实学"盛，国家富，③"切音字"运动的"易听""易学"的文字观念在白话文学时期转化为新文学启蒙的一个维度。④ 这可视为新文学的"声音的启蒙"。

"文学革命"时期，"文字"的讨论虽然是"文学革命"派抵御守旧派的工具，但对"新思想"与"新精神"的提倡，成为青年学生追随"文学革命"的主要原因。基于此，如何在"改革文字"的过程中灌注"新思想"与"新精神"，将语言运动与文学革命完美地结合起来，是当时"文学革命"者的当务之急。1919 年，胡适提出"国语的文学，文学的国语"，推进了"文学革命"与"国语运动"的"双潮合一"。⑤ 关于此点，胡适曾做过如下的预想，他认为"国语"的成立必须立足于白话文学的成熟，而白话文学的进步，会推进文字改革的发展，最终形成现代的"国语"。⑥

"文字改革"派与"文学革命"派对当时中国的文字都有改革的诉求，无论他们的目的是经由文字改革而达"普及教育"，还是经由文字的革命而达普罗大众思想与精神的提升，民众对文字"听觉"的理解都是他们的第一要务。1897 年，王斌耀第一次将"切音"改为"拼音"，提出声音对开

---

① 参见王东杰. 声入心通：国语运动与现代中国［M］. 北京：北京师范大学出版社，2019：138－179.

② 参见胡适. 逼上梁山：文学革命的开始［J］. 东方杂志，1934（31）：15－31.

③ 卢戆章.《中国第一快切音新字》原序［M］//清末文字改革文集. 北京：文字改革出版社，1958：2.

④ 如胡适在《答钱玄同》以及《白话文学史》中曾提出白话三义："一是戏台上说白的'白'，就是说得出，听得懂的话；二是清白的'白'，就是不加粉饰的话；三是明白的'白'就是明白晓畅的话。"参见胡适. 白话文学史［M］//胡适全集（第 3 卷）. 合肥：安徽教育出版社，2003：716. 鲁迅则强调白话"明白如话"的特征。参见鲁迅. 且介亭杂文·门外文谈［M］//鲁迅全集（第 6 卷）. 北京：人民文学出版社，2005：93. 吕叔湘也曾说："白话是现代人可以用听觉去了解的，较早的白话也许需要一点特殊的学习；文言是现代人必需用视觉去了解的。"参见吕叔湘. 文言和白话［M］//吕叔湘文集（第 14 卷）. 上海：商务印书馆，1992：84.

⑤ 黎锦熙. 国语运动史纲［M］. 北京：商务印书馆，2011：136.

⑥ 相关表述参见胡适. 建设的文学革命论［J］. 新青年，1918，4（4）：6－23.

启民智的重要性，“拼音成字，书出口之音，运之入心，不由耳而由目，使目见者即明，犹以口宣言，使耳闻者即达，声入心通，别无难义也。各字读法，先声母，后韵母，有左自右，自上而下。或先大后小，按音拼成，有识之士，虚心推行，始于家，继而乡，渐而国。合国为家，天下莫强焉”①。而同样是开启民智，鲁迅亦曾从文字的“发声”这一角度提出自己的见解，他在《无声的中国》演讲中提到：“中国虽然有文字，现在却已经和大家不相干，用的是难懂的古文，讲的是陈旧的古意思，所有的声音，都是过去的，都就是只等于零的。”② 难懂的古文只能承载古人的声音，不但与今人不相干，与古人的大多数亦是不相干，不但是因为过去的语言“难懂”，大家看不懂，同样也听不懂，与普罗大众的知识更新和启蒙均无涉。正因为如此，立足于“听将令”③ 的鲁迅在写作文章的时候，总是力图让自己的文字能够让人“听得懂”，他曾说过：“我做完之后，总要看两遍，自己觉得拗口的，就增删几个字，一定要它读得顺口；没有相宜的白话，宁可引古语，希望总有人会懂。”④

在语言学家黎锦熙的表述中，“国语运动”与“文学革命”的合流这一线索更为明晰。黎锦熙主要以“声音”，如国音、语音要素为线索⑤来讲述“国语运动”，他在《国语运动史纲》一书中对国语运动进行了系统的整理，将国语运动分为三个阶段，“一、教育部读音统一会——国音之规定，注音字母之产生和传习。（民元至民五）二、中华民国国语研究会——新文学运动，学校国文课程改革运动，儿童文学运动，汉字改革运动。（民五至民十二）三、教育部国语统一筹备会——注音字母之公布，《国音字典》之公

---

① 王炳耀．自序［M］//拼音字谱．文字改革委员会，1956：13－14.

② 鲁迅．无声的中国［M］//鲁迅全集（第4卷）．北京：人民文学出版社，2005：12.

③ 鲁迅在《呐喊·自序》中说：“但既然是呐喊，则当然须听将令的了。”所谓“将令”，指是“五四”时期新文学主将对文学启蒙精神的提倡。参见鲁迅．《呐喊》自序［M］//鲁迅全集（第1卷）．北京：人民文学出版社，2005：441.

④ 鲁迅．我怎么做起小说来［M］//鲁迅全集（第4卷）．北京：人民文学出版社，2005：526.

⑤ 邓伟．试析五四时期语言文字建构的若干逻辑——以国语运动、白话文运动、方言文学语言为中心［J］．文艺理论研究，2016（1）：35－44.

布，改学校国文科为国语科，审定中小学国语教科书及参考书，开办国语讲习所。（民八至民十二）”① 从黎锦熙的叙述中，不难看出国语运动时期，语言文字改革的重心在“字”与“音”二者之间偏向了“音”。

然而，统一国语语音标准的过程并非一帆风顺，国语运动诸君在南方音与北方音、读书音与口语音等各种不同的语音向度之间进行讨论与选择，也面临了不少的争议，最终确定了以北京话作为国音标准。这一过程彰显了国语语音以活的口语为声音标准的价值取向。1913 年，读音统一会在北平召开，会议讨论过程异常激烈，语言学家们在兼顾南北地域、古今差异的情况下，最终制定出 39 个注音字母，确定了老国音的语音标准，即以北京音为主，兼顾南北的国音，且有入声。然而，1913 年制定完成的老国音，一直受到各界人士的关注，“音声之学，亦与诸科学相类，积今日之人智而日昌。故即吾国‘古音’‘韵学’‘等韵’诸学，亦必有推求日密之观，将来著作之富，应千百倍于向有之卷数。惟学问则必有论争不定之音，而国语则期其及今可行，疏密之异势，盖有无可如何者也”②。因此直到 1918 年才敢公布。随后，1920 年又发生了著名的“京国”之争。南京高师的张士一指出老国音标准的关键问题，并要求以“活的口音”取代“读书音”作为国音的标准，重新制定注音字母，体现着用“以言统文”替代“以文统言”的思路。③ 随后，又经过几次修订，废除了入声，普通读法的北京音获得标准音资格，最终确立了国语语音的标准。

国语运动的语音标准的确定，经过了“‘国音无调’—‘国音京调’—‘京音京调’的变化历程，思路从‘试图汇通南北、投票选定的读书音’转换到了‘强势方言的北京音’，也就是说，语音标准最终转到‘活语音’上了”④。活的语音成为国语语音的标准，国语语音标准得以确立，这不仅推动了国语统一的进程，也为新文学特别是白话新诗创作准备了语音材料与

---

① 黎锦熙．国语运动史纲［M］．北京：商务印书馆，2011：121.

② 吴敬恒．致钱玄同先生论注音字母书（通信）［J］．新青年，1918，4（5）：469－482.

③ 张士一．国语统一问题［J］．新教育，1911（4）：433.

④ 唐诗诗．论民国以降国语运动的语言改革——“活语言”的发现及研究范式的形成［J］．现代中国文化与文学，2021（1）：48－63.

可能的标准，为现代文学的声音诗学观的建立提供了语音基础。

郭绍虞曾将中国文体分为“文字型，语言型，与文字化的语言型”① 这三类典型，他认为白话文学的阶段是“应用当时的声音语以充分发挥语言的特点”的时代，也是“文学以语言为工具而演进的时代”②。延续这一研究思路，当代学者郜元宝就认为中国现代文学的语言以“音本位”为主，但是他认为对“声音”的过度强调挤压了“文字”的生存空间，初期的新文学所体现的“历史的合理性彻底取代了美学的感动”③。这一现象无论是从早期的白话文创作中，还是朱自清早期的文学创作中都得到印证。在当时的话语环境中，在白话文学运动初期，为实现白话文学的纯净，那一代的白话文学创作者断然拒绝与传统文学的美学范式有相似之处，特别是极力避免与传统的音韵之学有着任何的联系。④ 如此情境下，既要规避传统文学的声音传统⑤，又亟须为白话文学建构全新的声音诗学规范⑥，这样的写作难题困扰着“五四”的白话新文学作家，但与此同时也催生了新的文学的出现与新的声音美学规范的形成。

二、“音本位”的发展：从旧韵到新韵

国语运动确立了统一的语音标准，使汉语逐渐趋近于“言文一致”；而文学革命中的新文学写作则从文学创作上，将“音本位”的语言变革之路

① 郭绍虞．语文通论·语文通论续编·语言与文学［M］．上海：上海书店，1990：66.

② 郭绍虞．语文通论·语文通论续编·语言与文学［M］．上海：上海书店，1990：74.

③ 郜元宝．汉语别史：中国新文学的语言问题　增订本［M］．上海：复旦大学出版社，2018：423.

④ 如胡适在写作《尝试集》诗作的时候，钱玄同曾指出“犹未能脱尽文言窠臼”，胡适则明言，诸如此类的写作都是“‘缠脚时代’的血腥气”。参见钱玄同．序《尝试集》［M］//胡适全集（第10集）．合肥：安徽教育出版社，2003：10；参见胡适．《尝试集》四版自序［M］//胡适全集（第10集）．合肥：安徽教育出版社，2003：44.

⑤ 如胡适提出的“文学改良八事”：一、不做言之无物的文字；二、不做无病呻吟的文字；三、不用典；四、不用套语烂调；五、不重对偶——文须废骈，诗须废律；六、不做不合文法的文字；七、不摹仿古人；八、不避俗话俗字。参见胡适．建设的文学革命论：国语的文学——文学的国语［J］．新青年，1918，4（4）：6－23.

⑥ 如刘半农提出“破坏旧韵重造新韵”等韵文改良主张，参见刘半农．我之文学改良观［J］．新青年，1918，3（3）：3－13.

引导到新的方向：如果说国语运动确立了新的语言标准，那么文学革命便将这种语言的运用更加拓展、深化。

胡适在《逼上梁山》中写道，“一部中国文学史只是一部文字形式（工具）新陈代谢的历史……文学的生命全靠能用一个时代的活的工具来表现一个时代的情感和思想。工具僵化了，必须另换新的，活的，这就是‘文学革命’”①。在胡适看来，语言的变革催生了文学的变革，文学革新是语言作为工具形式的必然要求。在这一思路之下，胡适提出“国语的文学，文学的国语”这一口号，认为“我们所要提倡的文学革命，只是要替中国创造一种国语的文学”②。以国语文学的创作与传播来助力国语的统一，这实际上也是文学革命时代的一个重要使命。

新文学写作首先要做的便是用白话文代替文言文，而“声音”是白话文区别于文言文的显著差异。如前所述，吕叔湘在《文言和白话》中提到：“白话是现代人可以用听觉去了解的，……文言是现代人必需用视觉去了解的。”③ 因此，可以说白话文更多的是“听觉”的语言，因其取自“活”的北京口语，写作的目的亦在于使其能让普通人“听得懂”④；而文言则是“视觉”的语言，因其与普通民众的口语相距太远，所以是“无声”的语言。新文学沿着这一条内在语言逻辑往前发展，逐渐凸显了“语音本位”的特点，其中最重要的特点就是“活”的口语进入白话文写作中。口语如何进入文学，以及如何构建为白话文学美学的一部分，是现代白话作家需要解决的问题。

关于白话文学与古典文学在美学上的优劣，当时的古文家是有绝对的自信的，即便是浸淫西学的学者如胡先骕也质疑白话能否作韵文。而北京大学的校长、当时新文化运动的庇护者蔡元培也有此判断，称“将来应用

---

① 胡适．逼上梁山：文学革命的开始［J］．东方杂志，1934，31（1）：15－31.

② 胡适．建设的文学革命论［J］．新青年，1918，4（4）：6－23.

③ 吕叔湘．文言和白话［M］//吕叔湘文集（第14卷）．上海：商务印书馆，1992：84.

④ 如胡适就说过白话文应该“有什么话，说什么话；话怎么说，就怎么说。”参见胡适．建设的文学革命论［J］．新青年，1918，4（4）：6－23. 叶圣陶也说过“话怎么说，文章就怎么写”。参见叶圣陶．怎样写作［M］．北京：中国友谊出版公司，2019：136.

文一定全用白话，但美术文，或者有一部分仍用文言”①。当时的反对派（甚至于新文学阵营中人）引以为傲的即为文言文精美到严苛的“修饰”，而这种修饰集中体现在古典文学对“韵”的把握上。由此，白话文学的发展呈现出一个无法绕开的悖论，即白话文学是以“活”的口语，即“都下引车卖浆之徒，所操之语”② 为主体的文学，但是，这种“音本位”的文学在“不模仿古人”的前提下却必须规避对声音的修饰，虽然胡适仅仅提出白话文“不重对偶——文须废骈，诗须废律”③，但是，这一对“韵律”的避忌，导致初期的白话文学几乎无法去主动重视对“语音”的修饰。而其后向古文“示威”④ 的新诗在诗艺上能有突破，亦是因为建构了新的声音美学。⑤ 如何突破成见，建构新文学独立的美学规范，尚需新文学作家在其后的创作中具体加以实践，而白话文学在声音审美上是否能突破旧文学，形成自己的美学观，则是那一代作家的当务之急。诚然，胡适提出“有什么话，说什么话；话怎么说，就怎么说”⑥，从破坏性的角度来说，是具有历史意义的，但是，新文学作家是否能建构新的美学规范，仍旧备受质疑。

小说、戏剧这两类文体能与口语体融合得较好。早在南宋时期，就有了用通俗活泼的白话写成的话本小说；直至元代，又出现了融合日常口语的元杂剧；明清时期，章回体小说的繁荣也体现了白话文的进一步发展成熟。胡适在《建设的文学革命论》中指出：“试问我们今日居然能拿起笔来作几篇白话文章，居然能写得出好几百个白话的字，可是从什么白话教科

① 蔡元培．国文之将来——在女子高等师范学校演说［J］．北京大学日刊，1919，11（19）：2.

② 林纾．致蔡鹤卿太史书［M］//中国近代教育史资料汇编．上海：上海教育出版社，2007：903.

③ 胡适．建设的文学革命论［J］．新青年，1918，4（4）：6－23.

④ 鲁迅在评价1920年代散文的发展时曾说过：“到五四运动的时候，才又来了一个展开，散文小品的成功，几乎在小说戏曲和诗歌之上。这之中，自然含着挣扎和战斗，但因为常常取法于英国的随笔（Essay），所以也带一点幽默和雍容；写法也有漂亮和缜密的，这是为了对于旧文学的示威，在表示旧文学之自以为特长者，白话文学也并非做不到。”散文对旧文学的“示威”，新诗也可作如是观。参见鲁迅．鲁迅全集（第4卷）［M］．北京：人民文学出版社，2005：592.

⑤ 刘半农为寻求新诗的突破口，曾提出“破坏旧韵，重造新韵”的主张。参见刘半农．我之文学改良观念［J］．新青年，1917，3（3）：13－27.

⑥ 胡适．建设的文学革命论［J］．新青年，1918，4（4）：6－23.

书上学来的吗？可不是从《水浒传》《西游记》《红楼梦》《儒林外史》等书学来的吗？这些白话文学的势力，比什么字典教科书都还大几百倍。”①在胡适看来，这些小说甚至可以当作白话教科书。可见，小说、戏剧由于自身审美趣味的开放性与包容性，能够更好地与白话文交融。

因此，在文学革命早期，白话小说率先作出了示范。自鲁迅的《狂人日记》始，问题小说、乡土小说、自我抒情小说相继兴起，为白话文学展示了新的审美品位。“有声”的白话文语言，能使小说容纳更多时代的、大众的、乡土的、原生态的生活内容，为现代文学带来了新的声音美学的探索。

然而，读者对白话诗歌与散文的接受度并没有这么高，特别是诗歌。胡适提出“诗体的大解放”②，“故不拘守向来的音调格律”③。古典诗歌尤其重视格律，胡适这一立论，自然受到反对派的批评，如胡先骕就指出，“诗之所以异于文者，亦以声调格律音韵故”④。即便是同为新文学阵营的理论家与诗人，对于当时的大白话诗也有微词，如梁实秋就直率地指出新文学的弊病，认为文学需要遵守文学的“纪律”。⑤ 即便是新诗人，林庚在几十年后回顾新诗，更是旗帜鲜明地支持古典诗歌的声韵格律，“从而远离散文，让诗歌语言更具有生动性，更富于表现力”⑥。因此，要想确立白话文学的地位，就要以白话诗歌为突破口。之后，胡适也认识到诗歌一力排除韵律，新诗之路似乎也并未变为坦途，他指出：“白话之可为小说之利器，已经施耐庵、曹雪芹诸人实地证明，不容更辩；今惟有韵文一类，尚待吾人之实地实验耳。”⑦

---

① 胡适．建设的文学革命论［J］．新青年，1918，4（4）：6－23.

② 胡适．《尝试集》自序［M］//胡适全集（第1卷）．合肥：安徽教育出版社，2003：193.

③ 胡适．国语文学史［M］//胡适全集（第11卷）．合肥：安徽教育出版社，2003：126.

④ 胡先骕．评《尝试集》［M］//胡先骕文存（上卷）．南昌：江西高校出版社，1995：27.

⑤ 参见梁实秋《浪漫的与古典的：文学的纪律》一书中相关观点。梁实秋．浪漫的与古典的：文学的纪律［M］．北京：人民文学出版社，1988.

⑥ 林庚．新诗格律与语言的诗化［M］．北京：经济日报出版社，2000：165.

⑦ 胡适．逼上梁山：文学革命的开始［J］．东方杂志，1934，31（1）：15－31.

白话新诗如何建构自己的审美规范？以口语为基础的白话文如何成就新诗的声音美学？新文学诸君试图进行多种新诗试验，探索出新诗的新韵。胡适在《谈新诗》一文中指出：“新文学的语言是白话的，新文学的文体是自由的，是不拘格律的。”① 他提出新诗要不拘格律，而不拘格律并不等于完全抛弃格律，而是要有“自然的音节”，所谓的“‘节’——就是诗句里面的顿挫段落……新体诗句子的长短，是无定的；就是句里的节奏，也是依着意义的自然区分与文法的自然区分来分析的。……‘音’，——就是诗的声调。新诗的声调有两个要件：一是平仄要自然，二是用韵要自然。……白话诗里只有轻重高下，没有严格的平仄。……有韵固然好，没有韵也不妨。新诗的声调既在骨子里，——在自然的轻重高下，在语气的自然区分——故有无韵脚都不成问题”②。胡适的这些理论主张代表了新诗发展的方向，也在新诗倡导者中达成了共识。

在新诗理论的不断发展中，第一部白话诗集——《尝试集》出现，为白话新诗开启了新的范本。虽然不免受到了以学衡派为代表的文人的批判，但胡适的这一尝试依旧起到了划时代的意义。随后，朱自清加入白话诗的队伍中，白话新诗在试验中不断成长，以其自由的排列、不拘的节奏，冲破了古典诗歌用韵的束缚，带来了不一样的声音美学观。正如朱自清所说：“我们现在编选第一期的诗，大半由于历史的兴趣，我们要看看我们启蒙期诗人努力的痕迹。他们怎样从旧镣铐里解放出来，怎样学习新语言，怎样寻找新世界。”③ 正因为新诗对格律与音韵的实践，以朱自清为代表的白话文学新人，在其后的散文写作中吸纳中西文学中关于声音诗学的成果，形成现代散文写作的标准。

---

① 胡适．谈新诗［M］//胡适全集（第1卷）．合肥：安徽教育出版社，2003：160.
② 胡适．谈新诗［M］//胡适全集（第1卷）．合肥：安徽教育出版社，2003：171.
③ 朱自清．导言［M］//中国新文学大系·诗集．上海：上海文艺出版社，2003：17.

第二节 “音本位”与朱自清声音诗学观的初形成

在亦新亦旧的文化氛围中成长起来的“五四”一代文人，所受的教育也是中外杂糅的，他们往往受到中西文化的双重影响。这样的教育背景对他们的文学品位、创作、思想都产生了深刻的影响。朱自清被当作从“五四”到“后五四”的线索人物①看待，他的成长、学习过程深深地烙上了时代的印记。朱自清本出身于旧官宦家庭，父亲和祖父曾是文官，从小就在旧式的传统教育的熏陶下成长；而后，他又在新文化运动蓬勃兴起之时进入北京大学求学。朱自清所接受的教育是中西合璧的，从他的教育经历中，我们也能窥见他声音诗学观形成的一些蛛丝马迹。

一、中小学时代的文学声音启蒙

“后五四”时代，新文学已然成为文学的主流，在这一时期重提对传统文学的继承已经不再成为禁忌，朱自清在《论诗学门径》一文中认为当时青年学生作不好新诗的原因，是“现在的中学生大都不能辨别四声；他们也没有‘韵’的观念”。他指出的方法就是“这件事非理论所能帮助，只能用诵读《四声等韵图》（如东、董、冻、笃之类；《康熙字典》卷首有此图）或背诵近体诗两法学习”②。

朱自清在写作中所体现的对声音美学的追求，不但是因为幼时接受了传统声韵之学的启蒙，同时也得益于大学时代特别是留学阶段对西方美学的接受。这些中西兼备的声音美学教育，使朱自清在接受西方声音美学的同时，也能坦然地表达自己对传统声音美学的倾慕。

朱自清与声音诗学的接触，在他的求学履历中初显端倪：

---

① 李浴洋．从“五四”到“后五四”——朱自清的“诗”与“思”［J］．文艺理论与批评，2022（2）：44－54.

② 朱自清．论诗学门径［M］//朱自清全集（第2卷）．南京：江苏教育出版社，1988：84.

表 1－1　朱自清求学履历表

<table>
<tr><th>时间</th><th>年龄</th><th colspan="2">学校及课程</th></tr>
<tr><td>1902 年</td><td>5 岁</td><td colspan="2">父母启蒙课读</td></tr>
<tr><td>1903 年</td><td>6 岁</td><td colspan="2">入私塾，读经籍、古文、诗词等</td></tr>
<tr><td>1908 年</td><td>11 岁</td><td colspan="2">入双忠祠初等小学读书</td></tr>
<tr><td>1911 年</td><td>14 岁</td><td colspan="2">入戴子秋先生的夜塾学习国文</td></tr>
<tr><td>1913 年</td><td>16 岁</td><td colspan="2">入安徽旅扬公学高等小学，入扬州两淮中学</td></tr>
<tr><td>1916 年</td><td>19 岁</td><td colspan="2">入北京大学文预科，学习国文、文字学、本国史、本国地理、西洋文明史、英语及体操等</td></tr>
<tr><td rowspan="3">1917—1920 年（北京大学中国哲学门本科学习）</td><td rowspan="3">20～23 岁</td><td>一年级课程</td><td>“中国哲学”“中国哲学史”（胡适），“哲学概论”“心理学”（陈大齐），“伦理学”（章士钊），“社会学”（陶孟和）以及英文</td></tr>
<tr><td>二年级课程</td><td>“西洋哲学史大纲”（胡适），“伦理学”（杨昌济），“中国哲学”（马叙伦），“社会学”“社会问题”（陶孟和），“心理学实验”（陈大齐），“生物学”（李煜瀛）以及英语、德语</td></tr>
<tr><td>三年级课程</td><td>“教育学”“教育学史”“唯识哲学”（蒋梦麟），“道家哲学”“宋明哲学”（马叙伦），“伦理学史”（杨昌济），“印度哲学”（梁漱溟）以及“西洋现代哲学”“西洋近代哲学史”“宗教哲学”“人类学”“数学”等</td></tr>
<tr><td>1931 年</td><td>34 岁</td><td>赴英国伦敦大学访学</td><td>学习语言学及英国文学</td></tr>
</table>

从上表可以看出，朱自清在进入北京大学之前，所接受的多为传统中式教育，特别是他在幼年时期所接受的家庭教育以及私塾教育，对他的成长有极大的影响。

朱自清出身于传统的士大夫家庭，五岁时，家中长辈就开始教他识字、读书。由于父亲对新兴的新式教育持怀疑态度，随后，朱自清就被送入私塾读书。私塾先生都是曾中过秀才或举人的老师，所学的内容涉及经籍、古文、诗词等。他的国文写作也是跟着私塾先生学习的。父亲对朱自清抱有很大的希望，每当朱自清从私塾回家，父亲便会一篇一篇读他写的作文卷子，“看见文章尾后有好评，字句边上又有肥圈胖点，就点头称是，欣然饮酒……若是文章的字句圈去的太多，尾后且有责备的评语，即小坡公便要埋怨朱先生了，自然比文章上的评语说得厉害”①。私塾先生教授的国文写作，基本都是八股文，对形式、音律要求格外严格。不难想象，在私塾里阅读经史子集、古典诗文，写国文作文，这样的私塾教育经历，必然会使朱自清积淀起了深厚的传统文化素养，不仅为他以后深入中国古典文学的研究埋下了伏笔，也让他对文学的声音有了一个具体的感知。

私塾教育首先提供了一个特定的声音场域。私塾教育往往要求学生摇头晃脑念书、背书，这可以算作一种语言训练，通过出声吟诵达到理解、记忆文章的效果。以上基本是传统文人学习古文的习惯，这种场景在鲁迅的笔下出现过，郁达夫也曾回忆私塾背书的经历，“这一种读书背书时摇摆身体的作用与快乐，大约是没有在从前的中国书塾里读过书的人所永不能了解的”②。在出声念书、背书时，有韵的文章往往能在熟读中实现背诵，并且古典文学所特有的音韵美能够通过声音被放大，在潜移默化中让人体悟文学的声音美。朱自清在成为一名国文教师后，也多次提到诵读对于学习诗文的重要意义，他提出，“‘熟读’不独能领略声调的好处，并且能熟悉诗的用字、句法、章法”③，还认为吟诵是“诗的兴味的发端，也是诗学的第一步”④。他认为，诵读可以让人更好地体悟到诗文的声韵美，甚至对于理解、把握文学作品也大有裨益。

在另一方面，朱自清虽然谦虚地说自己对传统音韵之学并无研究，但是，相关的文章体现了他对音韵之学有一定的了解，如他对当时的文学作品轻视“韵律”的倾向提出了批评，并认为“所谓韵律却是广义的，散文

---

① 姜建，吴有为．朱自清年谱［M］．合肥：安徽教育出版社，1996：4.

② 郁达夫．书塾与学堂［M］//郁达夫全集（第4卷）．杭州：浙江大学出版社，2007：269.

③ 朱自清．论诗学门径［M］//朱自清全集（第2卷）．南京：江苏教育出版社，1988：84.

④ 朱自清．论诗学门径［M］//朱自清全集（第2卷）．南京：江苏教育出版社，1988：83.

里也有的。这韵律其实就是声音的自然的调节，凡是语言文字里都有的”①。而他对韵律的解读，就具有中西合璧的特点，“韵律的性质，……有刚音，有柔音，有粗涩的音，有甜软的音。清楚而平滑的韵（如‘先’韵）可以引起轻快与美妙的感觉……这轻重张徐的调节便是韵律。调节除字音外，更当注重音‘节’与句式；音节的长短，句式的长短，曲直，都是可以决定韵律的”②。可以说，私塾教育的声音启蒙默默滋养了朱自清，这不仅体现在他的文学观念、教育观念中，也渗透到了他的未来的文学创作中，共同建构了朱自清的声音诗学。

二、现代声音诗学的接受

本部分论及“现代”一词，不但指向与“古代”“近代”相对的时间概念，同时也有“五四”启蒙话语之下求“新”求“变”之意。

1916 年，朱自清考入北京大学预科，一年后，朱自清正式入北京大学本科哲学系就读，开启了他在北京大学求学的人生新阶段。在北大，他不仅学习了系列的课程，还参与了各种文学社团，并且开始了文学创作。北京大学的求学生涯，让他在传统的文学教育体系之外，更进一步以现代的文学观念丰富了他的文学感知力。

从上文所列的朱自清求学履历表可以看出，北京大学有不少西方哲学、语言学方面的课程，这些课程拓展了朱自清的知识体系，也使他拥有了更加开阔的视野。朱自清在北大中国哲学系学习，彼时胡适恰好应蔡元培之邀，在北大讲授中国哲学史。就这样，朱自清成了胡适的第一届学生。二人的交际自此开始。朱自清的认真勤奋，给胡适留下了深刻印象。1918 年，朱自清给胡适写信，向他请教几个哲学术语，并向胡适借书：“先生如有这书，我很想借读一天；要是先生允许，就请示知时日，以便到府来取。要没有，便罢了。”③ 在胡适看来，朱自清总是能发现一些别的学生尚未发现，

① 朱自清．文艺之力［M］//朱自清全集（第 4 卷）．南京：江苏教育出版社，1988：104.
② 朱自清．文艺之力［M］//朱自清全集（第 4 卷）．南京：江苏教育出版社，1988：104.
③ 朱自清．致胡适［M］//朱自清全集（第 11 卷）．南京：江苏教育出版社，1988：152.

且并未在课堂上讲授过的新问题，因此，他对朱自清的印象较好。

胡适作为新文化运动的首张义旗者，通过诸如《文学改良刍议》等具有里程碑意义的文章，推动了白话文写作的兴起、发展。朱自清在北大时期，也积极尝试白话文写作，学习他的师长们，以“诗”向旧文学“示威”，开始新诗创作。1920年3月，朱自清选择加入由胡适担任顾问的新潮社，并在该社团的月刊——《新潮》上发表了一系列白话新诗，展现了他对白话新诗的积极响应。俞平伯回忆道，朱自清“拿他做的新诗给我看，他把他的诗名为‘不可集’，用《论语》‘是知其不可为而为之欤’的意思，近似适之先生《尝试集》的含意”①。胡适的《尝试集》是他尝试冲破旧韵的实践之作，而朱自清的新诗写作与胡适不谋而合，朱自清将胡适的白话诗写作理念视为圭臬，舍弃传统的诗学观念，开始实践新文学“破坏旧韵”的尝试。中国的新诗史上，朱自清的长诗《毁灭》应该有一席之地。这一首长诗，以新文学主将的文学主张为主张，力图以语言的自然音节为节奏，而不讲求诗歌的韵律，正诗只分段不分行，体现了与传统诗歌声音诗学彻底决裂的姿态。但是，朱自清的挚友俞平伯还是在这首诗的字里行间体味出了写作者用字的特点，“如浮浅的观察，似乎《毁灭》一诗也未始不是‘中文西文化，白话文言化’的一流作品，但仔细讽诵一下，便能觉得它所含蓄着，所流露着的，决不仅仅是奥妙的‘什么化’而已，实在是创作的才智底结晶，用联绵字底繁多，巧妙结句底绵长，复迭，谋篇底分明，整齐，都只是此诗佳处底枝叶；虽也足以引人欢悦，但究竟不是诗中真正价值之所在。若读者仅能赏鉴那些烦琐纤巧的技术，而不能体察到作者心灵底幽深绵邈，这真是‘买椟还珠’，十分可惜的事”②。

1931年，朱自清于清华大学任教满一年，获得一次外出游学的机会。他前往伦敦大学学习语言学及英国文学。在英学习期间，朱自清对各种诗歌朗诵、戏剧、音乐会等活动颇有兴趣，他往往都会以一个文学家的自觉，

---

① 萧离．朱自清先生的治学和做人——俞平伯先生访问记［M］//姜建，吴有为．朱自清年谱．合肥：安徽教育出版社，1996：14.

② 俞平伯．读毁灭［J］．小说月报，1923（8）：29－37.

敏锐地感知到声音与文学的关系问题，这不啻于给朱自清打开了文学创作的新世界的大门。1931 年 11 月 5 日，朱自清去诗集书店听朗诵，他在日记中记录了他的感悟：“一是韵脚在英文诗的朗读中不像在中文诗里那样重要；另一点是英文诗中的重读音比日常说话中要多得多。前一点使我想到我们以后得建立白话诗的格律。后一点是：在我们的语言中，轻音字的用韵并不太难。”①

另外，他在英国期间，常常也会购书、读书，所读的书包括《音乐与诗之比较》《英国音律论者》《音乐简史》《音乐史》《民歌集》《俄罗斯现代作曲家》《弥赛尔》《现代朗诵作品选》等。可见，他对音律、音乐都颇为感兴趣，也对音乐进行了一些研究。朱自清的音乐爱好训练了他对韵律的敏感，而他作为新文学作家的自觉，又使他将这种敏锐用于文学写作之中，逐渐实践着自己的声音诗学观。

三、“音本位”与朱自清的声音诗学观

朱自清自 1916 年考入北京大学预科，至 1920 年于哲学系提前毕业，其间 4 年，他躬逢其盛，见证了白话新文学从发起到兴盛的过程，而作为“后五四”的新文学作家，可以说，朱自清就是新文化运动所“结的果了”②。1924 年，朱自清发表散文《桨声灯影里的秦淮河》，被称为“白话美术文的模范”③，在新月派的“新格律”建构了新诗“新韵”规范而外，现代散文的“新韵”终于可以进行实践了。④ 郁达夫这样评价过朱自清的散文，“朱自清虽则是一个诗人，可是他的散文，仍能够满贮着那一种诗意，文学研究会的散文作家中，除冰心女士外，文章之美，要算他”⑤。散文的

---

① 朱自清．朱自清全集（第 9 卷）［M］．南京：江苏教育出版社，1988：67.

② “人们要用你结的果子来评判你”，胡适曾用这样一句话来解释为何在短短不足 10 年的时间内，就要带露折花编辑“中国新文学大系”这样的新文学选本。参见胡适．导言［M］//中国新文学大系·理论建设集．上海：上海文艺出版社，2003：1.

③ 浦江清．朱自清先生传略［J］．国文月刊，1948（72）：30－32.

④ 值得一提的是，在 1924 年至 1926 年，鲁迅也陆续创作了极具诗意的系列散文，在当时被命名为“散文诗”。

⑤ 郁达夫．导言［M］//中国新文学大系·散文二集．上海：上海文艺出版社，2003：18.

所谓“诗意”，毋宁说是散文对声音美学的探寻，在众多的白话散文中，朱自清的散文作为白话美文的经典，开创同时也奠定了中国现代散文的美学规范，具有重要的文学史意义；同时，“三十年来，《背影》《荷塘月色》一类的散文，已经成为中国国文课本的必选之作，朱自清三个字，已经成为白话散文的代名词了”①。朱自清在语文教育史上的影响力是不容忽视的。

作为“后五四”时期的代表作家，朱自清是在“五四”新文学精神的熏陶下成长起来的，可以视为“五四”新文化运动大本营——北京大学文学教育成功的明证。1917 年，胡适在《新青年》上发表八首白话新诗，其后在 1920 年以《尝试集》结集出版；鲁迅则于 1918 年发表现代文学史上第一篇白话小说，随后在 1923 年出版《呐喊》小说集。白话文学运动初期，“胡适们”悬想以“尝试”之作，向传统“诗文”的重要一翼——诗歌发起挑战，期望以白话新诗取代古典诗歌的经典地位；在另一方面，胡适又试图将白话小说提高到白话文学的正宗地位，鲁迅天才式的横空出世，无疑是对这一理想的有力回应。

1923 年，《自己的园地》的出版，标志着现代散文美学问题的提出，周作人在该书中提出了“美文”概念，并开始探讨白话散文美学的独立性。1932 年《中国新文学的源流》的出版以及传播，更是将当时的散文创作源头接上了传统文章学的异端——晚明散文。朱自清早期追随白话文学写作的大潮，从事诗歌、小说创作。1923 年前后，他开始从诗歌写作转向了散文创作，终于找到了适合自己的写作道路，也逐渐探索出属于自己的美学风格。不过，即便是在他创作出传世名作《背影》《荷塘月色》之后，朱自清仍旧遵奉“白话小说为白话文学之正宗”这一新文学圭臬，他认为：“诗的字句，音节，小说的描写，结构，戏剧的剪裁与对话，都有种种的规律（广义的，不限于古典派的），必须精心结撰，方能有成。散文就不同了，选材与表现，比较可随便些；所谓“闲话”，在一种意义里，便是它的很好的诠释。它不能算作纯艺术品，与诗，小说，戏剧，有高下之别。但对于

---

① 余光中. 论朱自清的散文［J］. 名作欣赏，1992（2）：31－34.

‘懒惰’与‘欲速’的人，它确是一种较为相宜的体制。”① 而在那一时期散文的兴盛，不过是因为“中国向来大抵以散文学为正宗；散文的发达，正是顺势”②。尽管如此，但是朱自清对于散文艺术性的追求与探索却并未受此“正宗说”的影响。他受时代影响，以“音本位”为中心，追求口语化的语言风格，但又认为说话与写作始终是不一样的，他遵循文学“美”的特质，试图在口语化易于“听”的声音追求之外，建构白话散文的声音诗学规范，这种声音诗学实践的成功，在某种程度上成为朱自清对“五四”时期的“声音启蒙”的回应。同时，朱自清所建构的声音诗学规范形塑了那一时代青年的审美趣味，其后因入选进国文（语文）教材而得到更为广泛的传播，成为几代中国人青春时代的文学记忆。

20世纪初年的文学革命，以诗文为两途，如果说徐志摩与闻一多对新格律诗的“新韵”实践，为中国现代新诗开辟了新的诗学领域，那么，朱自清建构的散文声音诗学的尝试显然为现代白话散文美学奠定了基础。笔者在重审朱自清的文学生涯、早期的讲演活动、语文教育经历以及后期参与的各种朗诵活动中，发现朱自清在这些贯穿他一生的社会、文学以及教育活动中，均表现出对文字“声音”的关注。在重读朱自清的小说、诗歌与散文的时候，笔者亦可感受到朱自清声音诗学的形成路径。

现代白话散文美学创建之始，就以周作人在《中国新文学的源流》中提出的“文学循环论”为鹄的。周作人将现代白话散文的源流追溯到“晚明”，自此，胡适在《文学改良刍议》一文表述对传统文学“声律”之学的拒斥，在周作人这里得以修复，白话文学的源头向古代延伸，传统文学的“声律”“声韵”“声情”等美学追求，亦可在白话散文中进行实践。正因为如此，“后五四”时代的作家，站在时代的风口，能够熔古今中外文学美学于一炉。

基于对现代白话文学规范的尊重，对传统文学声音美学的了解，以及

① 朱自清.《背影》序［M］//朱自清全集（第1卷）.南京：江苏教育出版社，1988：32.
② 朱自清.《背影》序［M］//朱自清全集（第1卷）.南京：江苏教育出版社，1988：30.

对当时欧美文学的倾慕，朱自清建构了自己的声音诗学体系。他注重白话文写作的自然上口，形成“谈话风”的艺术语言风格；他追求文学语言的声音节奏美，在悦耳动听的同时，也获得了声情合一的艺术效果；他将“声音”作为艺术感兴的触手，通过音景来展现自己对世界的感知。在时代背景下，理清朱自清的声音美学观的形成脉络，就能够理解他的散文何以能成为白话美文的典范。

第二章
国语文学视域下朱自清声音诗学观的形成

朱自清的声音诗学观的形成是有迹可循的。从朱自清的生平经历看，他多次参与演讲活动，拥有极为丰富的诗文朗诵经验，并且还有着长期的语文教学经历，这些实践对他的文学写作有着极大的影响。

朱自清在北京大学求学之际（1916—1920），正值“五四”新文化运动风起云涌之时，因为对“五四”新文化主张的服膺，朱自清主动参加了演讲社与朗诵学会等这样旨求改进社会的活动，其后，在杭州等地的教学生涯中，更是身体力行将“国语文学”的实践落实到教学之中去。这些活动，间接培养了他对文学声音的敏感度，包括对“活”的语言的感触，以及对纸面文字声音的捕捉等。此外，朱自清也热衷于文学朗诵。朗诵使他在追求通俗、自然的文学语言的基础之上，又进一步关注文学声音的韵律美。同时，朱自清还是一位经验丰富的国文教师，这个特殊的身份使他对诵读与写作的关系产生了更深的理解。因此，从朱自清一生所参与的演讲、朗诵活动，以及语文教学经历来看，他白话写作中声音诗学观的形成是有迹可循的。本章通过对朱自清文学阶段准备期相关活动的考察，以期了解他声音诗学观形成的原因。

第一节　“国语文”的演讲与“自然上口”诗学观的形成

1920 年 3 月 24 日，胡适接受北京高等师范学校附属中学国文研究部的邀请，发表了演讲，并以《中学国文的教授》为题在《新青年》第 8 卷第 1

期上发表。这次的演讲共分为七个部分，第四部分为“演说与辩论”①，其中特别强调“演讲”对“国文”形成的作用。胡适的兴趣广泛，很多研究虽然具有开创性，但是往往浅尝辄止，所以，胡适关于“演讲”与“国文”关系的这种开放式的悬想，尚需继起者进行深入的研究。②

晚清以降，演讲风潮的兴起成为促进语言文字变革的一种新力量。如上所述，胡适将“演讲”与“国语文”③相联系，认为凡是能够演讲的人，就没有不会做白话文的，因为二者都需要有条理、有层次的思想，因而演讲能够促进国语文的发展。陈平原曾将演讲与近现代中国文章变革相联系，认为演讲热潮以及演讲稿——“落在纸面的声音”④，都对白话文学产生了不容忽视的影响，推动了白话文学的通俗化、口语化。他还认为：“晚清兴起的演说之风，确实有利于白话文的自我完善，以及‘现代国语’的生产与成熟。除此之外，还将深刻影响中国的文章变革。”⑤现代文学史上，许多文人的文学生涯都与演讲活动紧密相连，如蔡元培、鲁迅、闻一多等，演讲不仅成为他们传播思想的途径，而且对其文体的形成也有重要影响。演讲以演讲稿为依托，这种文本呈现也成为新文学写作的一种方式，促进了作家写作的口语化、通俗化。

朱自清的演讲贯穿了他的学生时代和工作任教时期，演讲经验使他对说与写的关系有更深的理解，形成了自然上口的声音诗学观，他期望在写作中形成通顺自然的语言，使作文与说话之间没有太大差别。文章的自然

---

① 胡适．中学国文的教授［M］//胡适全集（第1卷）．合肥：安徽教育出版社，2003：210－223.

② 如叶圣陶对于“国文”与“演讲”的关系就曾作过论述：“语文一名，始用于一九四九年华北人民政府教科书编审委员会选用中小学课本之时。前此中学称‘国文’，小学称‘国语’，至是乃统而一之。彼时同人之意，以为口头为‘语’，书面为‘文’，文本于语，不可偏指，故合言之。亦见此学科‘听’‘说’‘读’‘写’宜并重，诵习课本，练习作文，固为读写之事，而苟忽于听说，不注意训练，则读写之成效亦将减损。”参见叶圣陶．叶圣陶教育文集（第3集）［M］．北京：人民教育出版社，1994：506.

③ 自1921年国民政府宣布小学取消“国文”科，改授“国语”，1921—1949年，“语文”被称为“国语”“国文”“国语文”等。“国语”“国文”“国语文”则是基于胡适的“文学的国语”。参见胡适．建设的文学革命论［J］．新青年，1918，4（4）：6－23.

④ 陈平原．有声的中国——演说的魅力及其可能性［M］．北京：商务印书馆，2023：59.

⑤ 陈平原．有声的中国——演说的魅力及其可能性［M］．北京：商务印书馆，2023：59.

上口的声音，也成为朱自清早期写作的一大追求。

一、演讲经历：从北大“平民教育讲演团”到西南联大

晚清时期的演讲之风传入民国校园，北京大学自然也成为“演讲”教育的重要文化场域。蔡元培对培育学生的演讲十分重视，正如陈平原所说，“清末民初演说与学堂之结盟，值得认真关注。其中，蔡元培发挥了重要作用”①。1919 年 3 月，在蔡元培的支持下，北大学生邓中夏、廖书仓等人发起成立了北京大学平民教育讲演团，起初团员并不多，随着不断地增收扩大，一些知名的文人都陆续加入其中，如高君宇、汪群、罗家伦、康白情、朱自清、俞平伯等。该团以平民启蒙为核心，宗旨是“增进平民知识，唤起平民自觉心”，他们认为“顾以吾国平民识字者少，能阅印刷品出版物者只限于少数人，欲期教育之普及与平等，自非从事演讲不为功”②。由于当时平民教育的普及程度低，他们选择用露天演讲的方式深入街头和京郊农村，以达到开启民智的目的，在当时影响颇大。

1920 年年底，朱自清加入平民教育讲演团，并被选为第四组书记。同年 4 月，他跟随讲演团进入通县演讲，宣传的内容包括：国民应有的精神风貌、平等自由的社会理想、破除迷信解放自己的重要性等。通县的这次演讲的听讲人数在 500 人左右，演讲效果较为圆满。朱自清在上午和下午分别作演讲《平民教育是什么》和《靠自己》。同年 4 月 18 日，朱自清在城北京师公立第十讲演所作演讲《我们为什么要求知识》；5 月，作演讲《我们为什么纪念劳动节呢》。朱自清在平民教育讲演团所作的讲演并不是很多，但这成为他接触演讲的一个开始。他说：“五四运动的时期，大伙儿蓬蓬勃勃的朝气，紧逼着我这个年轻的学生；于是乎跟着人家的脚印。”③ 性格温和内敛的朱自清本不擅长当众发言，参加平民教育讲演团的本意不过是为

---

① 陈平原．大学何为［M］．北京：北京大学出版社，2015：50.

② 朱幼谳，戚名琇，钱曼倩，等．中国近代教育史资料汇编·教育行政机构及教育团体［M］．上海：上海教育出版社，2007：509.

③ 朱自清．论无话可说［M］//朱自清全集（第 1 卷）．南京：江苏教育出版社，1988：160.

了战胜自己怯弱的性格，但这一系列演讲的经历为他积累了写作散文的经验。

如果说在学生时代第一阶段的演讲更偏向开启“民智”的启蒙初衷，那么，在朱自清成为教员后的一系列演讲，则更具有了形塑“国语文”的意图。

1920 年，于北京大学毕业后，朱自清赴浙江省立第一师范任国文教员，开启了新的人生篇章，其后，他在几所中等学校任职，任教期间，他仍继续各类演讲活动，演讲也成为他表达文学理念、创作想法的媒介。在春晖中学任教时期，他有过一些著名的演讲，如 1924 年发表的演讲《刹那》，是他第一次公开阐述其“刹那主义”的人生观念。

西南联大时期的演讲，占据朱自清演讲生涯的大部分。战火之下的西南联大，依旧有不少学者面向学生和社会大众进行演讲，以此作为文化抗战的一部分。1938 年 3 月 14 日，朱自清来到昆明。3 月 27 日，朱自清为云南大学女生作《新语言》的演讲，标志着朱自清在西南联大的演讲生涯正式开始。此后，朱自清在日记中频繁地记录自己所作的演讲。与北大时期启蒙教育的演讲主题不同的是，朱自清此时的演讲都涉及语言、文学方面的问题。1939 年 3 月 17 日，“晚中学举行演讲会。岱孙谈两点感想，强调利用环境之必要；继侗以自然为题简要说明；余则提出语言文字之训练问题”①。8 月 1 日，“向中华文艺界抗敌协会云南分会所办的暑期学校作讲演，谈鲁迅的《药》与《复仇》”②。1939 年 11 月 30 日，“上午作《中学生的国文程度》讲演。一连讲课三节，都不觉累，为此甚高兴”③。类似的记录还有很多，朱自清在西南联大时期以演讲的方式向学生阐述文学、写作方面的相关问题，留下了多篇著名的演讲，如《语文杂谈》《中学生的国文程度》《怎样学习国文》等。

朱自清性情温和，不善言辞，更不擅长在公众面前演讲。他十分敬佩

① 朱自清．朱自清全集（第 10 卷）［M］．南京：江苏教育出版社，1988：16.
② 朱自清．朱自清全集（第 10 卷）［M］．南京：江苏教育出版社，1988：39.
③ 朱自清．朱自清全集（第 10 卷）［M］．南京：江苏教育出版社，1988：64.

好友闻一多的演讲。1942年11月6日，闻一多作演讲“伏羲的传说”，朱自清听后颇有感悟，当晚便在日记中记载：“晚间听一多演讲，妙极。非常羡慕他，听众冒雨而来，挤满教室”①。闻一多被好友们看作“少有的天才的宣传鼓动家”②，朱自清努力揣摩别人的演讲，在日记中多处记载，力图提高自己的演讲水平。具体如何提高，朱自清在多篇文章中均有讨论，这一点在后面的章节中将会详细论述。

总体而言，朱自清的演讲经历较为丰富。从北大的平民教育讲演团伊始，朱自清就紧跟时代的浪潮，面向民众演讲，将演讲视为开启民智的一种方式。在之后的教学生涯中，演讲又成为朱自清传达文学与语言观的一种言说方式，并对其文学观念的形成以及文学创作产生一定的影响。

二、演讲与“国语文”的“上口”

考察演讲活动对朱自清声音诗学观的影响，那些随风而逝的声音已然无法捕捉，但那些留在纸面上的声音——演讲稿——却给我们留下一个的考察维度。朱自清在《说话》一文中谈到他对于“演讲”的认识。他将演讲归为说话的一类，认为“说话即使不比作文难，也决不比作文容易……说话像行云流水，不能够一个字一个字推敲，因而不免有疏漏散漫的地方，不如作文的谨严。但那些行云流水般的自然，却决非一般文章所及。——文章有能到这样境界的，简直当以说话论，不再是文章了。但是这是怎样一个不易到的境界！”③ 朱自清认为演讲和作文可以进行比较，演讲要汲取作文的严谨，而作文也要像演讲一样，达到如行云流水般的效果，要做到“用笔如舌”是需要千锤百炼的。因而，在朱自清的观念中，演讲本就属于一种“有声的文学”，做演讲与写文章之间具有相互关联的地方。基于此，朱自清也认为改进文章，要从练习演讲下手，因而，他在持续不断的演讲中留下的经验必然留存在他的演讲稿中，进而影响了他的写作。

---

① 朱自清．朱自清全集（第10卷）［M］．南京：江苏教育出版社，1988：207.

② 陈平原．有声的中国——演讲的魅力极其可能性［M］．北京：商务印书馆，2023：100.

③ 朱自清．说话［M］//朱自清全集（第3卷）．南京：江苏教育出版社，1988：339.

1942 年朱自清在西南联大作“闻一多先生与新诗”演讲，演讲由署名为柏生的人记录后发表在《清华周刊》上。演讲稿与后来收入在《朱自清全集》中的《闻一多先生与新诗》内容大体一致，只有少数地方有细微的区别。整理成的文章只是在演讲记录稿的基础上增添了一些书面语，且对于讲话稿的逻辑关系做了一些更加明确的表达：如讲话稿“所以写了丑恶、霉湿、阴暗”，改为“追求丑恶、霉湿、阴暗的”；将“因为杜甫这位作家是最关心人民痛苦，而对当时征兵痛苦能在诗中表现出来”，改为“因为杜甫这位作家最关心人民的痛苦，例如当时征兵的痛苦，并能在诗中表现出来”。整体来看，朱自清的这篇演讲稿基本能直接成文，文辞自然易懂且不做作突兀。

朱自清的其他演讲，如 1942 年 3 月 21 日在联大师范附属学院的“诗的语言”、4 月 20 日的“了解与欣赏——这里讨论的是关于了解与欣赏能力的训练”等，后来只在讲稿的基础上做了少数的变动（有的甚至没有变动），整理成文，收入《朱自清全集》。可见，朱自清的演讲记录稿与文章之间的区别并不大，在行文、用语等方面，他多用口语与短句，言简意赅，注重句与句、段与段的连接，兼顾用笔如舌与行文逻辑性的统一，做到了白话文的自然上口。

从内容上看，朱自清大部分的演讲内容源于他对文学写作的心得与看法。他通过演讲向大众进行传达在创作中形成的文学观念，最后讲稿整理成文，完成了自身文学观念的确立与深化，也深刻影响着其写作风格。朱自清关注文学的语言问题，特别是白话文的写作问题，这在他的演讲中也多有体现。1935 年 1 月 26 日，朱自清在北平女子文理学院作“白话与文言”演讲，同年 6 月，又在南开中学作“语文杂谈”的演讲，其中有提到文言与白话的问题。1938 年 3 月 28 日朱自清在云南大学作“新语言”的演讲。1942 年 6 月 19 日他在沙坪坝中央大学作“文学与语言”的演讲，这些演讲文意相似，都传达了对白话文写作的看法。朱自清认为白话文写作是在现代生活中逐渐完善和发展的，“白话现代化的结果相信能够成立我们的国语，‘文学的国语’”①。而针对“五四”以来对“言文一致”的追求，朱

---

① 朱自清．新语言［M］//朱自清全集（第 8 卷）．南京：江苏教育出版社，1988：301.

自清清醒地意识到："文字与口语能够恰合吗？不会的……不过文字采用口语体，就是求近于口语，是可能的。"① "口语的好处，活泼、亲切、自然……但说话只能对少数人，广播的说话可以对多数人，不过姿势表情没有了，又少修饰，很使人听得不耐烦。还是不能代替文字的写作。"② 这些文意在演讲中都有涉及。而后，在与叶圣陶合著的《理想的白话文——以"上口不上口"做标准》一文中，朱自清进一步指出，理想的白话文是"对于说话，不得不作一番洗练的工夫。洗后仍是白话；这样就体例说是纯粹，就效果说，可以引起读者念与听的时候的快感"③。他认为白话文要与说话相近，但又不能等同于说话，写作要在说话的基础上进行提炼与润色。

同时，朱自清在演讲中也经常提到用诵读帮助修改文章的观点。1942年4月20日，朱自清在联大师范学院作"了解与欣赏——这里讨论的是关于了解与欣赏能力的训练"的演讲，从几个方面论述了如何训练学生的了解与欣赏的能力。1942年11月22日，朱自清在中法大学作"怎样学习国文"的讲演，又提出中学生应该重视语文学习中的"诵读"工夫，他认为，通过诵读，才能进行了解与欣赏的训练。而后，朱自清又在《诵读教学》《论诵读》等文章中进一步阐述了对"诵读"的理解，认为学生可以通过朗诵，使文章字清句顺，自然通畅。

实际上，无论是追求文学语言的近口语体，还是提倡用朗读去检验语言的上口与否，都与他所追求的朴实清新的写作风格不谋而合。可见，朱自清的教学观念、文学观念的传达先是通过演讲进行阐发与深化，再潜移默化了他的写作。他形成"创作—总结—演讲—创作"的模式：在长期的写作实践中，他体会到说与读对写作的影响，而后又在演讲中进行系统化阐述，最后形成的声音诗学观又深刻影响了自己的写作。

不仅如此，朱自清的演讲稿的撰写本身就是对自己的白话文学观的进

---

① 朱自清．语文杂谈［M］//朱自清全集（第8卷）．南京：江苏教育出版社，1988：204.

② 朱自清．文学与语言［M］//朱自清全集（第8卷）．南京：江苏教育出版社，1988：353.

③ 朱自清．理想的白话文——以"上口不上口"做标准［M］//朱自清全集（第8卷）．南京：江苏教育出版社，1988：359.

一步实践，即“理想的白话文”的实践。对演讲内容进行一番洗练的工作，最终形成一篇精彩的演讲稿，甚至直接是一篇成熟的论说文。总体而言，朱自清的演讲经历，即“说”的经历，使他认识到白话文写作要不断靠近说话，从而达到自然上口的声音效果，这正是朱自清声音诗学观的首要层面。

第二节　朗诵与“国语文”的入心

演讲活动使朱自清形成了上口自然的声音诗学观，而在朗诵经验的影响下，朱自清又对文学作品悦耳赏心的声音节奏有了更深的理解，形成了他悦耳赏心的声音诗学观。“悦耳赏心”一词，取自朱自清对俞平伯诗歌的评价：“兄妙在能善采古诗音调之长，更施以一番融铸工夫，所以既能悦耳，又可赏心，兼耳底、心底音乐而有之。”① 悦耳赏心本是诗歌应有的声音节奏，但在朱自清朗诵经验的影响之下，强调通过朗诵和诵读来形成“文学的国语”，他认为悦耳赏心的声音节奏也适用于散文。

“演讲”面对的是大众，其旨意在启蒙，即便是朱自清在后期的演讲中，立意在传播自己的文学及语言学的观点，但总的宗旨在于启导“后学”，故而，“演讲”更注重于“入耳”之声“启导”之情的完美结合；而“朗诵”则更注重少众同好之间的交流沟通，具有“奇文共赏”之意，在其“声入心通”的心领神会。故文学家也讲“朗诵”，钱基博曾在《中学校国文科教授文法之商榷》一文中称，“大抵文章一道，其妙处不可以教人，可以教人者惟法而已”②，认为古文之妙不可以教人。但是，钱基博在《黄仲苏先生朗诵法序》又提出，近人之文（白话文）与古文的区别在于知“音节”与否，所以力推“朗诵法”，“近人弄文，不知有所谓音节者，至语以

① 朱自清．致俞平伯［M］//朱自清全集（第 11 卷）．南京：江苏教育出版社，1988：117.

② 钱基博．中学校国文科教授文法之商榷［M］//国文教学丛编．武汉：华中师范大学出版社，2013：31.

字句，则必笑为末事。此论似高实谬！作文如字句安顿不妙，岂复有文字乎？”① 朱自清显然并不认同这一观点，他认为古文“吟”与“唱”并非“朗诵”，“吟和唱都将文章音乐化，而朗诵和诵读却注重意义，音乐化可以将意义埋起来，或使意义滑过去”②。

正因为确信“朗诵”对于“文学的国语”的作用，朱自清不但自发组织了不少朗诵活动，同时也积极参加各种朗诵活动，如他在文章或者日记中，就记载他数次参加新月派诗人在闻一多家中开展的诗歌朗诵沙龙，也参加过朱湘专门召开的读诗会，至于以京派文人在慈慧殿三号朱光潜家中定期召开的朗诵会，朱自清更是常客。在朗诵会上，他们往往在朗诵中寻找和谐自然的音调，通过出声地朗读诗歌或散文，检验文章的用词用语是否自然流畅，音节的使用是否得当。参与这些朗诵会使朱自清更加关注到文章声音节奏的悦耳和谐，关注白话文写作在自然上口基础之上的悦耳的艺术效果，这构成他声音诗学观的第二个层面。

一、朱自清的朗诵经历：从伦敦读诗会到慈慧殿三号读诗会

1931 年，朱自清赴英国访学。而此时，正值英国诗人哈罗德·蒙罗（Harold Monro）在伦敦组织诵诗活动。每周四晚 6 点起，他请现代英国诗人来到他所经营的诗籍铺（The Poetry Bookshop）中，诵读自己或其他诗人的作品。这在当时是十分引人注目的一项文化活动，当时著名的诗人几乎都在这里读过诗。朱自清在《伦敦游记·记三家书店》中对这家书店中的朗诵活动有详细记载，并在日记中不时地提到自己去诗籍铺听朗诵的经历，记录自己的感想。朱自清在英国参与了大大小小的各种读诗会，从中获得了不少关于写作的心得体会。

据朱自清的日记，1931 年 10 月 30 日，在诗籍铺中“见读诗会布告，大喜过望，急购票两张。第一次在下星期四，所读为维多利亚女王时代的

① 钱基博．黄仲苏先生朗诵法序［M］//朗诵法．上海：开明书店，1936：1.

② 朱自清．论诵读［M］//朱自清全集（第 3 卷）．南京：江苏教育出版社，1988：186.

诗集（Victorian Poetry），第二次则豪斯曼（Housmen）自读其诗”①。1931年11月5日，“到诗集书店去听诗朗诵。朗诵者是一位中年妇女……这位朗诵者很有才华，但她给我印象最深的是另外两点：一是韵脚在英文诗的朗诵中不像在中文诗里那样重要；另一点是英文诗中的重读音比日常说话中要多得多。前一点使我想到我们以后得建立白话诗的格律。后一点是：在我们的语言中，轻音字的用韵并不太难”②。在伦敦读诗会中体会到异域诗歌中的“韵脚”与“格律”，无疑给朱自清打开了另一扇窗。

胡适出版《尝试集》，颠覆了传统诗词的格律，承担了破坏的工作；到了刘半农，提出“破坏旧韵，重造新韵”③，逐渐建立了白话新诗的韵律观。作为“后五四”时期的新文学作家，朱自清服膺师长辈的观点，如创作了在他的诗歌创作生涯中具有重要地位的《毁灭》一诗，便忠实地实践了那一时代的白话诗主张：在力图追求“自然的音节”中创造白话诗的“新韵”。而到了1931年，在英国的朱自清提到“以后得建立白话诗的格律”，是切实需要进行的文学工作，但是探讨“我们的语言”中的韵律，在当时的创作中实际并未展开，但是，这些主张却延续到朱自清对白话散文写作语言韵律实践中。

11月19日，听约翰·高尔斯华绥先生的朗诵，朱自清记录：“高尔斯华绥先生的声音非常清晰，节奏分明。他朗读自己写的小说和剧本的片段，并且按照不同的内容而变换音调。”④ 1932年朱自清回国后，在清华中国文学会开会时作讲演《在伦敦所见之读诗会》，专门向学生介绍了伦敦读诗会的情况，在《三家书店》一文中，也介绍了诗人赫洛德孟罗（即哈罗德·蒙罗——笔者注）（Harold Monro）在一九一二年创办了“读诗会”。在英国游学的过程中，朱自清热心地参与进伦敦读诗会之中，并颇有感悟。回到北京之后，他兴致勃勃地参与朱光潜的读诗会。朱光潜也曾经从伦敦读诗

① 朱自清．朱自清全集（第9卷）［M］．南京：江苏教育出版社，1988：63.
② 朱自清．朱自清全集（第9卷）［M］．南京：江苏教育出版社，1988：66－67.
③ 刘半农．我之文学改良观［J］．新青年，1917，3（3）：18－30.
④ 朱自清．朱自清全集（第9卷）［M］．南京：江苏教育出版社，1988：74.

会中受益匪浅，曾提到："英国诗人哈罗德·蒙罗在世时在大英博物馆附近开了一个专卖诗歌书籍的小书店，每周定期开朗诵会，请诗人们朗诵自己的作品，我在那里曾听过叶芝、艾略特、厄丁通等诗人的朗诵，深受教益，觉得朗诵会是个好办法"①。因而，回国后，朱光潜效仿伦敦读诗会，也在自己所居住的慈惠殿三号办起了朗诵会，召集了许多对朗诵感兴趣的文人，而朱自清就是其中最为热心的参与者之一。朱光潜曾说："佩弦先生对于这件事最起劲。语文本是他的兴趣中心，他随时对于一个字的用法或一句话的讲法都潜心玩索，参加过朗诵会底朋友们都还记得他对于语体文不但写得好，而且也读得好。"② 包括朱自清在内，还有梁宗岱、林徽因、沈从文等北大、清华教师，他们旨在通过声音实验来掌握诗歌的节奏，研究新诗该怎么做。

慢慢地，朗诵的对象从诗歌延伸到了散文，散文的朗读也成为读诗会的一个重要部分。沈从文对此也有记录："这个集会虽名为'读诗会'，我们到末了却发现在诵读上最成功的倒是散文。徐志摩、朱佩弦和老舍先生的散文……我们得到另外一个有价值的结论，一个作者若不能处理文字和语言一致，所写的散文，看来即或顺眼，读来可不好听。"③ 在不断的诵读试验中，他们逐渐发现，悦耳的声音节奏并不是诗歌独有的，而应该广泛应用于所有的语言文字中，悦耳的声音节奏也是创作散文的一个重要追求。

据《朱自清日记》，朱自清频繁地参与了朱光潜的读诗会。从 1934 年 5 月 23 日第一次记录，直到 1935 年 11 月 11 日最后一次记录朗诵会的相关事宜，他都或详细或简略地记录了自己的感悟。在诵读中，朱自清从语言声音的角度对自己的散文进行了新的审视——1934 年 5 月 23 日，他记载参加读诗会的经过，"余读《卡尔佛里》较佳，《给亡妇》则不佳……本日读语体皆勉效口语；然此只是一种读法。在此读法中愈工口语与文之愈近口语

① 朱光潜．谈美书简［M］．北京：当代世界出版社，2019：146.
② 朱光潜．敬悼朱佩弦先生［J］．文学杂志，1948，3（5）：6－9.
③ 沈从文．沈从文选集（第 5 卷）［M］．成都：四川人民出版社，1983：197.

者自易成功……大抵不近口语之作，当另有读法，须着重咬字，使字有高尚感情（Noble Feeling），则尚远于口语声调。此层尚待试验，昨日之会，本意固在试验耳”①。《给亡妇》本是他效仿口语所作的一篇文章，然而他还是觉得“不佳”，主要是因为在出声诵读中，文中不顺口、不顺耳的地方会被放大，用耳朵检验写作，能觉察单用眼睛检查不出的细微之处。

在诵读会中，朱自清还对老舍作品的诵读效果感到颇为满意。“有一回一位唐宝钦先生‘说’老舍先生的《一天》，活泼轻快，听众都感兴趣，觉得比单是阅读所得的多——已经看过原文的觉得如此，后来补看原文的也觉得如此。”② 老舍作为用纯粹口语写文章的代表，善于发挥汉语口语的音韵美，他的作品读来上口入耳，朱自清对此感到十分敬佩，也试图在自己的散文创作中进行实践，这一点将在后文中详细论述。

从伦敦读诗会到慈惠殿三号读诗会，朱自清频繁地参与朗诵活动。不管是听朗诵还是自己参与朗诵，他都颇有所得，这些经验无疑深刻影响了他的文学写作。

二、朗诵活动与朱自清散文声音诗学观的形成

如前所述，朱自清认为白话文的“朗诵”或“诵读”与古文的“吟”或“唱”有着显著的区别，不能混为一谈。朱自清乐于参加文学朗诵会，在朗诵会中获得的经验更加丰富了他的声音诗学观念，促进他进一步写作成熟的“国语文”。他写了不少文章，都提及了朗诵对写作的重要性，用一句话来概括，即是“多诵读才知道怎样润饰字句”③。诵读对写作的影响，是从文字到声音再回到文字的过程。朱自清认为，诵读文章首先能够帮助理清词句，促进文章通顺上口。在听感效果上，又能对文章声调的和谐进

---

① 朱自清．朱自清全集（第9卷）［M］．南京：江苏教育出版社，1988：293.

② 朱自清．论朗读［M］//朱自清全集（第2卷）．南京：江苏教育出版社，1988：60.

③ 朱自清．关于散文写作答《文艺知识》编者问［M］//朱自清全集（第4卷）．南京：江苏教育出版社，1988：484.

行发掘，达到悦耳动听的效果，同时，还能帮助情感的表达。

最主要的是，作为享誉文坛的散文家，朱自清将本来属于诗歌的朗读延伸到散文，他提出“诗与文都出于口语；而且无论如何复杂，原都本于口语，所以都是一种语言。语言不能离开声调，诗文是为了读而存在的……”①。诵读与口语联系密切，对文章的诵读，也是考验文章是否语句通顺，是否贴近口语。如他再三强调自己写作《给亡妇》这一篇散文的语音实验，这一篇文章是朱自清试图用纯粹口语体进行写作的一次尝试，也是他散文美学的一次重要的转折：从“背影”时期注重显在的声音美到后期的自然的口语体。文章用第一人称的口吻，抒发对亡妻的想念，全用口语，如“可是你病中为他操的那一份儿心也够瞧的。那一个夏天他病的时候多，你成天儿忙着，汤呀，药呀，冷呀，暖呀，连觉也没有好好儿睡过”②。“儿”化音的加入使作品具有口语意味。然而，即使是这样的口语写作，在进行诵读的时候，其中一些不符合口语习惯的语句也会佶屈聱牙。因而，在朗读会上，据朱自清自述，《给亡妇》的朗诵效果并不佳，他在反思《给亡妇》的口语体试验是“没有完全如愿”③ 时，认为诵读与口语体是连在一起的，诵读是能够检验文章是否符合口语的标准，而上口与否，一定程度上决定了一篇白话文是否规范理想。

通过朗诵《给亡妇》这一类的散文，朱自清也形成了初步的“国语文学”书面语的观念，鉴于白话诗的特殊体例，在某种程度上，在建构“文学的国语”这一方面，显然效力不如散体文，所以，在 20 世纪 20 年代中期，白话新诗完成了它对“古诗”的“示威”之后进入落潮期，散体文，如艺术性白话散文以及白话散文的创作兴起，这样，对白话散体文的美学探讨提上了议事日程。而作为散文家兼国文教师的朱自清，他则主动承担

① 朱自清．朗读与诗［M］//朱自清全集（第2卷）．南京：江苏教育出版社，1988：388.
② 朱自清．给亡妇［M］//朱自清全集（第1卷）．南京：江苏教育出版社，1988：163.
③ 朱自清．《你我》自序［M］//朱自清全集（第1卷）．南京：江苏教育出版社，1988：114.

了建构散文的美学任务，而此一时期的重点，则是在强大的古文顺势①之下，赋予白话散文以独立的美学品位，即在传统散文强大的声音美学系统之外，另辟一条新路。他说："其实除了一些句式，所谓不能上口的生硬的语汇，经过相当时间的流转，也许入了口语，或由于朗读，也会上口，这种'不上口'并不是绝对的。"② 在这时，朱自清已经开始反思自己之前以"上口"与"顺耳"为绝对标准的"五四"初期的声音诗学倾向，明确提出，书面写作时可能会与真正的口语有所偏离，而随着教育以及文本的广为流传，书面语的语体形式会转而影响口语的说话方式。这种观点，为现代白话散文长句的声音节奏张目，也是对胡适的"文学的国语"更进一步的表达。

另外，朱自清深刻理解"五四"时期的启蒙精神。作为一位勤勉的国文教师，朱自清显然明白"情感"二字于白话散文的重要性。他认为，诵读不但通过出声的方式试验文章是否具有悦耳的节奏感，同时，文章的声音节奏不仅是与作品的美学气质相联系，而且还能配合作品情感的抒发，做到内容与形式浑然一体。在《文艺之力》中，朱自清指出，"文艺的内容与形式都能移人情"，不同的音调又能调动人的不同感觉，如"浊声使人有努力，冲撞，粗暴，艰难，沉重等印象；清声则显示安易，平滑，流动，稳静，轻妙，温柔与娴雅。浊声如重担在肩上；清声如蜜在舌上"。③ 以上种种观点，糅合了古典声韵之学的余绪，又有现代语言学的影子④，虽未完备，但也体现了鲜明的"五四"经验。文章的声音节奏与情感，在朗诵中更能被深入领会。正如朱自清所说，朗读是"为了研究节奏与表现，自然

---

① 朱自清在《背影》序言中曾说，当时散文的发展是因为延续了古典散文的余绪，其发展正是"顺势"。参见朱自清．《背影》序［M］//朱自清全集（第1卷）．南京：江苏教育出版社，1988：30.

② 朱自清．朗读与诗［M］//朱自清全集（第2卷）．南京：江苏教育出版社，1988：394.

③ 朱自清．文艺之力［M］//朱自清全集（第4卷）．南京：江苏教育出版社，1988：104.

④ 关于朱自清的现代语言学修养，他曾有过夫子自道："大概因为做了多年国文教师，后来又读了瑞恰慈先生的一些书，自己对于语言文字的意义发生了浓厚的兴味。"参见朱自清．《语文影及其他》序［M］//朱自清全集（第3卷）．南京：江苏教育出版社，1988：333.

也为了欣赏，受用”①。朱自清对朗诵的这些心得体会，影响着他的文学创作——写作时，他必然会关注文章节奏是否和谐悦耳，字音声调又是否与文章内在的情感态度一致。朗诵经验使朱自清更深层地体悟到语言的声音效果的重要性，形成了他更深层次的声音诗学观。

朗诵作为一种有声的语言艺术，能将语言文字的声音节奏最大限度地还原与呈现。在频繁的朗读活动中，朱自清从旁听者到朗读者，从读别人的作品到读自己的散文，其声音诗学观日益成形，他更加深刻地体悟到语言的声音所带来的悦耳动听的享受，以及由声迸发的情感，使诗文既能悦耳，又能赏心。

第三节　国语从教经历与朱自清书面语声音诗学观的形成

中国现代文学与中国现代语文教育有着深刻的渊源关系，现代文学史中的很多作家都有过国语②教育经历，鲁迅、曹禺、闻一多、老舍、叶圣陶、俞平伯等人都曾参与过语文教学工作。国语教师与作家这两项职业都以语言文字为媒介，从教经历必然会对作家的写作风格会产生一定的影响。特别是在“五四”时期，国语建设正在开展，并渗透在教育领域。国语教师和白话文作家双重身份的文人，必然在国语教育中渗透自己语文写作的心得与体悟，在写作中又自然以国语教师的自觉性对语言文字进行细致的审视与把握。而朱自清的国语从教经历颇为丰富，中学教育和高等教育的执教生涯占据了他人生的大半。这些国语教育经历对他的声音诗学观也有深刻影响。

① 朱自清．朗读与诗［M］//朱自清全集（第2卷）．南京：江苏教育出版社，1988：394．

② 1920年1月，北京政府下令改全国国民学校“国文”为“语体文”，随后改“语体文”一词为“国语”，确立白话（语体文）的法律地位。

一、中学国语从教经历与书面语声音美学的形成

朱自清有十分丰富的国语教学经历。将朱自清的教学经历整理如下表：

表 2－1 朱自清的教学履历表

时间	学校	任教科目或课程
1920 年	浙江省立第一师范	国文
1921 年	江苏省立第八中学、上海吴淞中国公学中学	国文
1922 年	台州浙江省立第六师范	国文
1923 年	温州浙江省立第十中学、省立第十师范	国文
1924 年	宁波浙江省立第四中学、白马湖春晖中学	国文
1925 年	清华大学	“李杜诗”“国文”课等
1928 年	清华大学	“中国新文学研究”“古今诗选”“大一国文”课等
1929 年	清华大学	“歌谣”“古今诗选”“大一国文”“中国新文学研究”“高级作文”课等
1930 年	清华大学	“中国新文学研究”“歌谣”“古今诗选”“高级作文”“大一国文”课等
1932 年	清华大学	“古今诗选”“歌谣”“中国新文学研究”“大一国文”课等
1933 年	清华大学	“陶渊明诗”“李贺诗”“大一国文”等 “中国新文学研究”（北师大）
1934 年	清华大学	“历代诗选”“陶渊明诗”“散文写作”课等
1935 学年	清华大学	“陶渊明诗”“大一国文”课等
1936 年	清华大学	“中国文学批评”“宋诗”“大一国文”课等
1937 年	西南联大	“宋诗”“大一国文”课等

（续表）

时间	学校	任教科目或课程
1938 年	西南联大	“中国文学批评”“大一国文”课等
1939 年	西南联大	“宋诗”课等
1941 年	西南联大	“宋诗”“散文”“大一国文”“现代中国文学讨论与习作”课等
1942 年	西南联大	“文辞研究”课等
1943 年	西南联大	“谢灵运诗”“陶渊明诗”“中国文学批评”“大一国文”课等
1944 年	西南联大	“历代诗选”“宋诗”课等 兼任大渌河私立五华中学国文教员
1945 年	西南联大	“中国文学史”“中国文学批评”“文学评论”课等
1946 年	西南联大	“诗论”“中国现代诗歌和散文”“大一国文”课等
1947 年	清华大学	“中国文学史”“中国文学批评”课等

从上表可以看到，朱自清在北京大学毕业之后，最先接触的是中学国语的教学工作。他在23岁时任教浙江省立第一师范，又先后去了扬州省立八中、中国公学、温州十中、春晖中学等学校任教，在各个学校度过了5年的中学教学生活。如果将朱自清一生的教学经历看作一本沉甸甸的大书，那么在春晖中学的任教生涯便是这本大书中最为绚烂的一页。他的第一部个人作品专集《踪迹》就是在这一时期发表。1924年3月2日，朱自清前往白马湖春晖中学授课。在春晖，朱自清结识了一群志同道合的好友，有夏丏尊、朱光潜、俞平伯等人。他们同在春晖教书，住处也挨得很近，当时过从甚密，成为一生的挚友。朱光潜回忆在春晖任教的经历，称“大家朝夕相处，宛如一家人”①。朱自清也在《白马湖》一文中，用极富情感的语言，回忆与大家朝夕相处的日子：“湖光山色从门里从墙头进来，到我们窗前、桌上。我们几家接连着……天上偶见几只归鸟，我们看着它们越飞

① 朱光潜．敬悼朱佩弦先生［J］．文学杂志，1948，3（5）：6－9．

越远，直到不见为止。这个时候便是我们喝酒的时候。”① 他们几人同样既是国语教师，又是文学家，志趣相投、情趣相合，形成了名为“白马湖作家群”的文学团体。

“白马湖作家群”的成员以散文写作著称，风格朴实、清新、自然，一方面是由于国语教师的从业经历，讲求作品的可诵可读可学，另一方面也是个人诚朴敦实的情性使然。他们对语言文字，甚至标点符号都极为敏感。在夏丏尊、叶圣陶所写的《句读和段落》一文中，他们通过对句子停顿和重读的不同把握，将朱自清《背影》的第一句“我与父亲不相见已二年余了，我最不能忘记的是他的背影”，作了多种解读，得出结论——“写一篇文章，预备给人家看，这和当众演说很相像，和信口漫谈却不同”②。胡适曾在《建设的文学革命论》一文中提出“有什么话，说什么话；话怎么说，就怎么说”③ 的观念，成为白话文写作的金科玉律，同时也被保守派讥为“引车卖浆之流”的语言。叶圣陶与夏丏尊以朱自清的《背影》为例，将文章写作的语言与“谈话”的语言拉开了距离。在当时，叶圣陶与朱自清合作的《文章讲话》以朱自清的散文作为该书作文分析的模本，鉴于《文章讲话》在青年学生群体中的影响力，朱自清的散文得以广泛传播。由于“白马湖作家群”的作家均具国语教师的执教经验，他们对自己及他人的写作都取较为严谨的态度，职业经历造成了他们语言文字的敏感，这种敏锐不光体现在对文学作品的品评中，更在他们的写作中进行实践。

朱自清的语文教学观的一大核心是诵读。他曾发表多次演讲、创作多篇文章，论述诵读教育的重要性。朱自清在“怎样学习国文”的演讲中，提倡中学生应该重视语文学习中的“诵读”工夫，并进一步进行了解与欣赏的训练。而后，朱自清又在《诵读教学》《论诵读》等系列文章中进一步阐述“诵读”的重要性。朱自清的白话文诵读教育观的核心在“以读促

---

① 朱自清．白马湖［M］//朱自清全集（第4卷）．南京：江苏教育出版社，1988：285.

② 叶圣陶，夏丏尊．跟叶圣陶学写作［M］．长江文艺出版社，2021：72.

③ 胡适．建设的文学革命论［J］．新青年，1918，4（4）：6－23.

写”，他认为“多诵读才知道怎样润饰字句”①。并提出“朗读改本”②，认为只有在朗诵中进行不断修改，才能使文章文脉清晰，文理自然，又具有和谐自然的声音节奏。

在教学过程中，朱自清逐渐认识到自己之前过分信赖“口语”的弊端，他逐渐认识到学生在白话写作中的一些毛病，是因为他们“过分信赖说话”，没有养成“阅读的——眼的，不全是耳的——客观的标准”③。朱自清提出，说的白话和写的白话不可能绝对一致。他认为白话文并非怎样说就怎样写，而是要将“说”进行一番洗练的工作，才能得到最理想的白话文。实际上，朱自清自己的写作也顺应着这样的要求，“谈话风”的语言风格的形成就是一个很好的证明。他并非仅仅追求文章如同说话般自然亲切，还在于看似平淡自然的语言背后的韵味。正如朱光潜对他的文章的评价——“就剪裁锤炼说，它的确是‘文’；就字句习惯和节奏说，它也的确是‘语’。任文法家们去推敲它，不会推敲出什么毛病；可是念给一般老百姓听，他们也不会感觉有什么别扭”④。

朱自清的诵读教学观与写作教学观，都深刻影响了他的文学写作，促进了他的声音诗学观的形成。不管是提倡朗读改本，还是要求从说话中洗练字句，都在朱自清自己的文学创作中得以实践。陈竹隐在《追忆朱自清》一文中写道：“常常把他的文章读给我听，有时为了一个字仔细推敲，征求我的意见。我逐渐体会到他写文章真是严谨认真呀！”⑤

朱自清曾说：“我是一个国文教师，我的国文教师生活的开始可以说也就是我的写作生活的开始。这就决定了我的作风。”而这个作风就是“不放

① 朱自清．关于散文写作答《文艺知识》编者问［M］//朱自清全集（第4卷）．南京：江苏教育出版社，1988：484.

② 朱自清．写作杂谈［M］//朱自清全集（第2卷）．南京：江苏教育出版社，1988：75.

③ 朱自清．中学生的国文程度［M］//朱自清全集（第2卷）．南京：江苏教育出版社，1988：29.

④ 朱光潜．敬悼朱佩弦先生［J］．文学杂志，1948，3（5）：6-9.

⑤ 西南联大北京校友会．我心中的西南联大：西南联大建校70周年纪念文集［M］．北京：清华大学出版社，2008：66.

松文字”，“注意每个词的意义，每一句的安排和音节”①。国文教师的经历使他对文字有足够的敏感，这种对字句的斟酌态度，是他能够形成独特的声音诗学观的重要原因之一。正因为朱自清严谨的性格以及对散文声音诗学精益求精的态度，他的散文入选国文（语文）教材几十年，影响了几代中国学生的写作习惯，成为“书面语”写作的经典范本。

二、大学任教经历与朱自清“援古入今”的声音诗学观

1925 年，经胡适介绍，朱自清赴清华大学任教。自此他告别了中学的任教生活，在清华园担任国文教授。此一时期，正是曾经的“五四”主将周作人开始固守“自己的园地”② 之时，至 1932 年，更是开始大谈“晚明”，主张文学循环论③了。而且，这一时期，胡适也开始“整理国故”，正是鲁迅所慨叹的“《新青年》的团体散了，有的高升，有的退隐”④ 之时。除此一“顺势”之外，朱自清还陆续开设了多门有关古代文学、新文学研究、写作相关的课程。在清华园任教的生活，对他的人生道路、学术方向、文学写作观念都有深刻影响。

朱自清曾说：“国学是我的职业，文学是我的娱乐。”⑤ 他对传统文学的研究颇为丰富，涉及诗歌、经籍等方面，他的古典诗文研究是伴随着他的教学一起展开的。1933 年，朱自清于清华大学开设陶渊明诗这一课程，1934 年写成《陶渊明年谱中之问题》，1936 年又写成《陶诗的深度——〈评古直陶靖节诗笺定本〉》；1934 年，他开设李贺诗，1935 年写成《李贺年谱》；1938 年后，他相继完成《宋诗选》《瓯北诗话》《宋诗精华录》等；1939 年，他开设宋诗课程，后又写成《宋五家诗钞》；1943 年，开设谢灵

---

① 朱自清．写作杂谈［M］//朱自清全集（第 2 卷）．南京：江苏教育出版社，1988：105.

② 参见周作人（署名仲密）．自己的园地［N］．晨报副镌，1922－01－22.

③ 这一观点出自周作人于 1932 年三四月间在辅仁大学作的“八次演讲”，后整理结集为《新文学的源流》。参见周作人．中国新文学的源流［M］．长沙：岳麓书社，2019.

④ 鲁迅．《自选集》自序［M］//鲁迅全集（第 4 卷）．北京：人民文学出版社，2005：469.

⑤ 朱自清．我们的路［M］//朱自清全集（第 4 卷）．南京：江苏教育出版社，1988：243.

运诗这门课程，1944 年写成《谢灵运年谱》《谢灵运传》等。① 总体而言，朱自清大部分有关古典诗文的研究都是随着他的授课展开的，可以说朱自清在大学授课的经历为他的学术研究开启了新的方向。

伴随着对古典诗文的研究，朱自清也开始了旧诗的写作。朱自清以其严谨认真的治学态度，开始学做旧体诗，并拜著名诗人黄晦闻为师。余冠英曾说："那时他偶然做做旧诗，学杜甫，也填小词，近花间派，都很精工。"② 朱自清将自己所写的旧体诗词编入《敝帚集》中，意为"敝帚自珍"，他从不将这些诗公开示人，只是当作"了解、研究中国旧诗词的一种方法"。

朱自清的旧体诗词写作，起初是为了更好地研究古典文学，而渐渐地，他从中吸收的古典音律的知识，对朱自清的声音诗学观形成也有重要影响。翻开朱自清的《敝帚集》，在第一页便可以看到老师黄晦闻给他的批语，"逐句换字，自是拟古正格"③。从 1927 年至 1930 年，他几乎将各类风格的古诗都拟了一遍。同时，他还向自己的好友俞平伯学习填词，将自己所填之词交给俞平伯润色。

而此时，朱自清也同时进行着散文写作。古典诗词中的传统音韵之学，在朱自清的散文写作中也多有体现，比如他对双声叠韵的偏爱，对平仄使用的重视，笔者将在后文做出详细介绍，在此不一一赘述。

---

① 刘敬圻，张安祖．20 世纪中国古典文学学科通志（第 2 卷）［M］．济南：山东教育出版社，2012：600.

② 余冠英．悲忆朱佩弦师［M］//朱金顺．朱自清研究资料．北京：北京师范大学出版社，1981：267.

③ 朱自清．教育的信仰［M］//朱自清全集（第 5 卷）．南京：江苏教育出版社，1988：138.

第三章
朱自清早期诗文的声音诗学实践

初入文坛，朱自清是以小说与诗歌创作在文坛崭露头角的，特别是他的诗歌写作甚有声誉，被推为当时《中国新文学大系》诗集的编选者。其时，他写作的小说并不多，只有两个小短篇。朱自清认为自己并不太擅长写小说，所以很少尝试，虽然偏爱写诗，留下了诗歌集《踪迹》《雪朝》，但是他说自己写作中情感和想象的部分较少，且都是世俗的，或许有自谦的成分，但自然于诗是不太适合的。虽然，朱自清认为“中国文学向来大抵以散文学为正宗；散文学的发达，正是顺势”①。但是，作为一个谦虚的人，在当时“白话小说为白话文学之正宗”② 的语境下，朱自清认为：“抒情的散文……它不能算作纯艺术品，与诗，小说，戏剧，有高下之别。但对于‘懒惰’与‘欲速’的人，它确是一种较为相宜的体制。这便是它的发达的另一原因了。我以为真正的文学发展，还当从纯文学下手，单有散文学是不够的……”③ 但毋庸置疑的是，他对小说、诗歌以及散文的写作，都做到了“不放松文字”④，他关注每一个字、句的安排，关注它们的意义与声音。

---

① 朱自清．朱自清全集（第1卷）[M]．南京：江苏教育出版社，1988：30.

② 胡适曾经说过：“所以我们这一文学革命运动，事实上是负责把这一大众所酷好的小说，升高到它们在中国活文学上应有的地位。”参见胡适．胡适口述自传 [M]．唐德刚，译注，桂林：广西师范大学出版社，2015：263.

③ 朱自清．朱自清全集（第1卷）[M]．南京：江苏教育出版社，1988：32.

④ 朱自清．朱自清全集（第2卷）[M]．南京：江苏教育出版社，1988：105.

朱自清早期的小说、诗歌写作，是他探索白话写作的开端，是他声音诗学的最初实践。他的小说、诗歌，虽然未曾取得能与其散文相媲美的艺术成就，但作为白话文写作的开始，对他后期散文风格的形成具有重要意义。在朱自清早期的诗文写作中，我们能动态地认识朱自清的声音诗学的实践过程，了解朱自清走向散文创作之前，在小说、诗歌写作中在文学声音美学方面无论有所得还是有所失，都为他能更好地进行中后期的写作积蓄了能量。

第一节　朱自清白话文“声音景观”的建构

本节所论的“声音景观”这一概念，是由加拿大作曲家默里·谢弗（R. Murray Schafer）于1970年代提出的，指“一种强调个体或社会感知和理解方式的声音环境”①，主要包含人类社会中的自然声环境和人为声环境。声音景观这一理论的提出，为包括文学在内的各个学科打开了一个“声音的领域”，其理论意涵亦在近半个世纪的时间内不断得以丰富。在文学领域，声音景观也包括了自然界的声音与人为的声音，这一概念，对本书的写作，具有重要的理论指导意义。

朱自清初期的白话小说创作中，思考过白话文写作的声音问题，并将之实践到写作中去。且因朱自清频繁参加演讲与诵读之类的活动，体验到文学声音的魅力，他的作品呈现出声音的修辞效果。在另一个角度，朱自清文学作品中声音美学效果的呈现，并不完全在于语言的韵律节奏，甚至也不单纯体现为语言的“自然的声音节奏”，如在朱自清前期小说中，声音景观主要表现为人声，在小说中，它与人物的情感、命运紧密相连，成为小说叙事的一部分。所以，在此用“音景”这一概念，体现出“以声传情”

---

① 孟子厚，安翔，丁雪．声景生态的史料方法与北京的声音［M］．北京：中国传媒大学出版社，2011：3.

的旨意，这也是朱自清声音诗学探索的一个方面。

“五四”新文学初期，白话文写作的语言呈现一种驳杂的状态，胡适提出“有什么话，说什么话；话怎么说，就怎么说”①，形成单向对“口语”的吸纳。但是，当时中国各地各有方言，各为标准，“蓝青官话”其时虽然已有“京腔”② 之称，似能作一标准语的备选，但是当时对民间的推崇，对传统的否定，对官方的否弃，带有“京”字的“京腔”似乎并不适宜提出来。这时，急需一种语言为新文化人所普遍认同。1919 年傅斯年明确提出要“直用西洋文的款式，文法、词法、句法、章法、词枝……一切修辞学上的方法，造成一种超于现在的国语，欧化的国语，因而成就一种欧化国语的文学”③。鲁迅也曾说：“欧化文法的侵入中国白话中的大原因，并非因为好奇，乃是为了必要。”④ 在当时的文化氛围中，欧化趋势不可避免。欧化语与口语共同构成新文学语言的两个维度，但口语化与欧化本就代表着两种不同的语言倾向，口语化的语言以日常会话的口语为基准，是一种自然、流畅、简约的语言形式，欧化语又在此基础上吸收了西方的语法、句式，不但体现在一些新的词汇，同时也构成繁复的句式，其晦涩与饶舌之处，对习惯于单音节词以及短句的中国知识分子而言，的确形成冲击。朱自清作为新文化精神的服膺者，处于变革的时代大潮中，自然抛弃了自小熟悉的“四书五经”的精妙简洁与对仗平仄，一出手写作，即进行口语体与欧化语体实践。在后来，朱自清就曾反思，在写作上用“口语体”或“欧化体”，并不能达到惬意为文的效果，“《给〈一个兵和他的老婆〉的作者》拟原书的口语体，可惜不大像。《给亡妇》想试用不欧化的口语，但也

① 胡适．建设的文学革命论［J］．新青年，1918，4（4）：6 – 23.

② 如鲁迅曾在《〈南腔北调〉题记》中反击成仿吾的供讦，作出如下的激愤之辞：“我不会说绵软的苏白，不会打响亮的京腔，不入调，不入流，实在是南腔北调。”这里的“京腔”，自然带有不屑之意，说明，即便智如鲁迅，也未必明了“标准语”对启蒙的重要性。参见鲁迅．《南腔北调》题记［M］//鲁迅全集（第 4 集）．北京：人民文学出版社，2005：427.

③ 傅斯年．怎样做白话文［J］．新潮，1919，1（2）：223.

④ 鲁迅．鲁迅全集（第 5 卷）［M］．北京：人民文学出版社，2005：548.

没有完全如愿……但是以后还打算写写这类文法上的题目”①。所谓“文法上的题目”，则是直指本心，和盘托出了自己在语言方面的写作企图。

一、“自然上口”诗学观的初探索

朱自清写作对语言的第一个维度的追求即为文学语言力求自然上口。他曾经反思过周作人的“美文”写作，“这种新白话本来就是白话‘文’，不能上口说，流行既久，有些句法也就跑进口语里，但不多”，“周先生自己的散文不用说用这种新白话写；可是他不但欧化，还有点儿日化，象那些长长的软软的形容句子”。② 在朱自清早期写作中，不但极力避免古文的音韵节奏，也极力避免文字上古气——“文”，使其语言能“上口”。

朱自清创作的白话小说并不多。他说：“开始写作的时候，自己知道对于小说没希望，尝试的很少。”③ 他写过两篇短篇小说，分别是 1921 年写作的《别》以及 1923 年的《笑的历史》。作为早期的小说创作，《别》与《笑的历史》不但体现了朱自清对当时新文学运动的语言实践，同时也印证了朱自清在其时已经开始探索自己的创作之路。如前所述，朱自清虽然对这一阶段的作品，特别是《笑》评价不高，认为语句臃肿，用句不自然。④ 但是也能证明在前期的小说创作中，朱自清尚处于对语言的探索阶段。

《别》的用语较为生涩，在口语中夹杂着许多欧化语、方言，还有文言文的词汇，句式也杂乱冗长。从小接受私塾教育，受到古文训练的“新青年”，一旦置身于新文化气息浓郁的北大校园中，这种一心向上向新的青年作家对师辈文学理念的服膺，使其行文既有极力压抑的文言习气，又具有典型的新文艺腔的特征：欧化句式明显，句子主干之外，多有附加成分，

---

① 朱自清．《你我》自序［M］//朱自清全集（第 1 卷）．南京：江苏教育出版社，1988：114.

② 朱自清．论白话［M］//朱自清全集（第 1 卷）．南京：江苏教育出版社，1988：268.

③ 朱自清．写作杂谈［M］//朱自清全集（第 2 卷）．南京：江苏教育出版社，1988：105.

④ 相关表述参见朱自清．《背影》序［M］//朱自清全集（第 1 卷）．南京：江苏教育出版社，1988：33.

但是搭配不协，而不具“长长的软软的形容句子”的特点，读来多有不通顺不自然之处。我们可以看以下这一小节：

他长久没有想到伊和八儿了；倘使想到累人的他们，怕只招些烦厌罢。

他悄走近前，拍伊肩头一下。伊大吃一吓，看了看是他，微笑说，“刚才真无谓哩！”

这样迫切地盼着，旅客们信步的踟蹰，惶急的问讯，在他都模模糊糊的无甚意义了。

其实那时的屋里，所有的于谁都是“蓦生”的。

该诅咒的雪，你早不好落，迟不好落，偏选在今天落，不是故意欺负我，不给我做美么？

虚幻的，朋友们，你们曾有的，伊和我同在时，你们曾有的，狂醉，在那里了呢？

唉！累人想到的伊呵！①

从总体上看，《别》在字里行间依旧具有淡淡的古文韵味。可能由于写作时间较早，朱自清在行文时依旧习惯性地使用了较多的文言词汇。在这些句子里，不但有单音节的文言表达，配以双音节的口语词汇，但在单音节与双音节之间，又增添“些”“一”“甚”等虚词，如“招些烦厌”“吃一大吓”“无甚意义”“于谁都是‘蓦生’的”等；又穿插了口语的词汇“罢”“哩”，以及一些方言语汇“早不好落”“迟不好落”；还有一些欧化的句式“虚幻的……狂醉，在那里了呢”“累人想到的伊呵”等。语言学家对欧化的文字作过判断：“之所以拗口不仅仅是因为其违背了‘双求双’之

① 本书未注明出处的均出自：朱自清全集［M］. 南京：江苏教育出版社，1988.

韵律要求，而且也违背了音节归属原则。”① 在文言中，多为单音节词，而在现代书面语中，多为双音节词，且多为双音节词与双音节词的组合。因而，就连作者本人都觉得“扭扭捏捏的”“读着真怪不好受的”，就是因为既违背了文言的单求单原则，也违背了现代汉语书面语的双求双的原则，方言、口语、欧化语的汇聚，使文章不管从词汇还是句式上，都与日常说话相差甚远，读来十分别扭与不通，从而形成“文学的国语”过渡时期的语音特点。

1923 年，朱自清创作了《笑的历史》。与《别》相比，这篇小说的文言文的单音节词比例大为减少，某些带有文言色彩的词汇的消失——如作为结构助词的“底”的消失，而具有时代性的第三人称代词“伊”的消失，则由代词“她”的频繁运用取而代之。另外，双音节词的增多，以及双音节词搭配双音节词显得更为熟练，这一定程度上体现了朱自清白话文写作的时代性特点，也体现了“文学的国语”进一步向现代汉语书面语进化。而第一人称的选用，使文章更具口语化的色彩，表达更加自然妥帖，读来字通句顺。以下列《笑的历史》中的语段为例：

> 你问我现在为什么不爱笑了，我现在怎样笑得起来呢？
>
> 呀！领孩子的辛苦，真是你们想不到的！我又比别人格外辛苦，所以更伤人！
>
> 整整三个年头，我不曾吃过一餐好饭，睡过一夜好觉，到底为了什么呢？

但除此之外，《笑的历史》依旧存在一些较为不通顺的表达，如以下的段落：

> 他自然不能和母亲一样，然而无论如何，也有些儿和她同好的。

① 阎玲．书面语中韵律词重组分析［C］//第 18 届国际汉语语言学学会年会论文集 & 第 22 届北美汉语语言学会议论文集，2010：264－273.

回门那一天，我原想家里去舒散舒散的；那知道他们都将我作客人看待，毫不和我玩笑。

好笑的事情，都觉淡淡的味儿，仿佛酒里馋了水。

她从此恨我切骨！本就不甚看得起我，这一来，索性不理睬我了！

从上述的语例可以看出，《笑的历史》虽然整体上比《别》更加自然通顺，但依旧存在文言文与欧化语杂糅的表达，如“有些儿和她同好的”“毫不和我玩笑”“恨我切骨”等，略显不自然。语言中依旧有着白话写作早期所具有的紧张之感，但相比《别》来说，语句的节奏又较为舒缓。

从《别》到《笑的历史》，我们可以看到朱自清白话文写作的进步。他从早期生硬地向白话口语转向的过程中，渐渐地能较为熟练地用欧化的语法来建构比较流畅的句式，向着语言自然上口的方向努力，以此来对抗早期白话文写作存在的文白杂糅现象，一定程度缓解了当时一般白话文写作常见的紧张感。可以看出，《笑的历史》的出现已经代表了朱自清早期声音诗学探索的一个小小成就。

二、“启蒙”声音的外化

《别》与《笑的历史》这两部小说有许多相似之处，从主题与内容上看，《别》与《笑的历史》都具有一定的自传性质，映射着朱自清与妻子充满无奈与心酸的家庭生活，都体现了旧式家庭对人的压迫，体现了当时新青年在呼应时代文化新潮时对家庭思想革命的追求，特别是女主人公这样鲜活的生命在旧家庭中逐渐萎谢的悲剧。这不仅有作者本人生活的影子，也与当时“五四”时期主张的“妇女”① 与“小儿”② 的发现，以及“易

① 如舒芜认为周作人自《人的文学》一来，提出了“人的发现”“妇女的发现”以及“儿童的发现”等。参见舒芜．周作人的是非功过［M］．北京：人民文学出版社，1993：10－11．

② 周作人还从生命哲学的角度审视妇孺问题，将妇女与儿童抽象为一种生命形式，寄托他的人文情怀．参见舒芜．女性的发现：知堂妇女论类抄［C］．北京：文化艺术出版社，1990：19－25．

卜生主义”① 等思潮不无关系。除此之外，朱自清通过小说的音景写作，构建了文字视觉观感之外的听觉空间，并关联人物的情感变化、命运遭际，外化“五四”时代启蒙的声音，这也是他早期以声传情的声音诗学探索的表现。

《别》用第三人称“他”的视角讲述了“他”与妻儿相聚，又因100块的生活费而不得不分离的故事。茅盾称：“《别》是一篇极好的小说，但一般人或许要说他‘平淡’。”② 尽管在写作上朱自清陷入了文白杂糅的困境，但《别》中呈现的声音景观却十分灵动与恰当，它与沉闷哀伤的故事背景相统一，是人物之间情感涌动的一种呈现方式。

小说中的音景呈现具有明显的反差——沉默的对话与激烈的哭泣相照应。由于家庭的重负，小说中的“他”与妻子聚少离多，在短暂的相处中，二人的沉默占据了大部分。小说以虚听式音景——“他”的内心独白为主，人物间对话很少，“伊”的话更是少而简短，而最长的一次对话是离别前“伊”对我事无巨细的叮嘱。与单薄的对话声相对应的，是小说中描绘的丰富动人的哭声。小说描写了夫妻二人离别前默默哭泣的画面，“他终于彷徨无措呜呜咽咽哭了。伊却又给他揩眼泪，带着鼻音说……一会又抽咽着说……他一面拭泪，一面听着，可是不甚明白伊的意思，只觉他的心弦和伊的声带合奏着不可辨认的微妙的悲调，神经也便律动着罢了”③。朱自清运用通感的方式，将内心的悲怆通过听觉的方式呈现，内心的“律动”与颤动的哭声相交织，这是独属于夫妻二人悲怆的鸣奏曲。总是沉默的对话显示着聚少离多的夫妻之间的生疏，却带着深情，而因为分离引起的沉重的哭泣，是无法控制的离别之情的爆发。这样沉重感人的哭泣，与单薄的对

---

① 1918年6月15日，《新青年》第4卷第6号特别推出了“易卜生专号”，这一专栏介绍了易卜生的代表作品如《玩偶之家》和《人民公敌》。易卜生主义在《新青年》杂志上的讨论主要集中在对挪威戏剧大师易卜生的话剧和思想的介绍与推广，包含了人道主义、个人主义、女性主义、现实主义、社会批判和精神追求等多个方面的综合体。

② 茅盾（署名玄）. 评《小说汇刊》[J]. 文学旬刊，1922，7（11）：43.

③ 朱自清. 别［M］//朱自清全集（第4卷）. 南京：江苏教育出版社，1988：21.

话形成对比，更体现出了人物内心的苦涩与心酸。《别》中的独特音景设计，展现了朱自清早期创作中用声音表现情感的艺术思维方式，也体现了他对声音诗学的一种探索。

1923 年，朱自清创作了《笑的历史》。小说以第一人称的方式，讲述“我”在旧式家庭中遭遇不幸，逐渐从爱笑到不爱笑的经历。笑声是小说的一个重要线索：从“我”之前开朗自然的“哈哈哈哈的笑”①，逐渐变成“笑是很文气了。微笑多了，大笑少了”②，再到后来的“哭比笑多”③，到最后“哭是哭不出，笑可也不会笑了”④ 的笑声逐渐消失的过程，也是“我”的个性逐渐被旧家庭压抑，直到磨灭的过程。除了“我”的控诉，文中还充斥着旧家庭中各种各样的人的声音——丈夫冷言冷语的责怪声、婆婆严厉的劝诫与责备声、公公的怒骂声以及姨娘、佣人们的明讥暗讽。被如此杂乱的、充满恶意的声音包围着，“我”的笑声终于彻底地消失不见。朱自清通过音景的布置：围绕在笑声周围的责怪、怒骂声以及笑声从洪亮到消失的变化，展现了一个活泼爱笑女性受到旧家庭压迫而逐渐失掉生命活力的全过程。音景的安排体现着人物命运的变化，饱含着人物的辛酸与血泪，也体现了在旧体制旧文化的压制下，年轻的生命由爽朗明快到沉默寂静的变化，触目惊心地重复了“吃人”这一主题。

在小说创作中，朱自清用声音进行文学编码，声音既是他感知世界的一种方式，也是他进行小说叙事的一种手段，同时也是他作为“后五四”时代的一代作家对前辈思想革命的一种文学实践。小说中或嘈杂，或安静的声音景观，都与人物情感、命运息息相关，声音在小说中具有重要意义。这也是他早期写作中声音诗学的探索的内容之一。

---

① 朱自清．笑的历史［M］//朱自清全集（第 4 卷）．南京：江苏教育出版社，1988：81.
② 朱自清．笑的历史［M］//朱自清全集（第 4 卷）．南京：江苏教育出版社，1988：84.
③ 朱自清．笑的历史［M］//朱自清全集（第 4 卷）．南京：江苏教育出版社，1988：88.
④ 朱自清．笑的历史［M］//朱自清全集（第 4 卷）．南京：江苏教育出版社，1988：91.

第二节 “重造新韵”与朱自清诗歌的声音诗学

朱自清的诗歌相对于小说更成熟，也获得更高的声誉。他创作了不少白话新诗，多收录在《雪朝》《踪迹》这两部诗集中。“五四”时期，新诗经历了“有什么话，说什么话；话怎么说，就怎么说”① 的“天足”② 时代，新文学阵营的理论家梁实秋在《文学的纪律》中曾痛斥此种写作为不加节制“不守纪律的自由活动”③，从而催生了中国新诗“格律派”——新月诗派出现。其实，早在梁实秋与新月诗派提倡新诗格律之前，刘半农在1917 年就提出“废除旧韵，重造新韵”④ 的倡议，试图摒除旧诗音韵影响，建构新诗格律，从而消除当时读者对新诗与旧诗均押韵的疑惑。在当时的新诗坛，虽然早期的新诗既有无韵诗也有有韵诗，但有韵诗仍旧占大部分。朱自清提出早期新诗的两大特点，“新诗押韵的并不比不押韵的少得很多”，并且“旧诗词曲的形式保存在新诗里的，只有韵脚”。因而，他认为：“中国诗还在需要韵，而且可以说中国诗总在需要韵。”⑤ 而面对保守派的攻击，建构白话新诗独立的美学体系，是新诗人的当务之急，如胡适所言，“第一，用现代的韵，不拘古韵，更不拘平水韵；第二，平仄可以互相押韵，这是词曲通用的例，不单是新诗如此。第三，有韵固然好，没有韵也不妨”⑥。这时的“韵”指的就是新韵，是现代韵，是不同于古典诗歌中严格的旧韵。可见，早期白话诗人早已经认识到诗歌与散体文的区别，他们在

① 胡适．建设的文学革命论［J］．新青年，1918，4（4）：6－23.

② 胡适在《文学改良刍议》中旗帜鲜明地提出“不用典”，将传统的韵律之学剥离出了现代白话诗学领域，胡适还形容受过古典诗律影响的自己，在创作白话诗歌时，“很像一个缠过脚后来放大了的妇人回头看她一年一年的放脚鞋样，虽然一年放大一年，年年的鞋样上总还带着缠脚的血腥气”，并呼吁白话新诗“天足”时代的到来。参见胡适．《尝试集》四版自序［M］//胡适全集．合肥：安徽教育出版社，2003：44.

③ 梁实秋．浪漫的与古典的：文学的纪律［M］．北京：人民文学出版社，1988：7.

④ 刘半农．我之文学改良观［J］．新青年，1917，3（3）：13－27.

⑤ 朱自清．朱自清全集（第2卷）［M］．南京：江苏教育出版社，1988：402.

⑥ 胡适．谈新诗：八年来一件大事［J］．星期评论，1919（纪念号5）：1－4.

打破旧的用韵规则的时候，试图重构新的现代声音秩序。新文学作家将以上的理论落实到创作中，这种愿景从而得以实现。朱自清在这样的时代洪流中参与新诗写作，追求语言悦耳动听的韵律美，写出诸如《毁灭》这样的不俗之作，将自己的写作纳入了时代的和声，对现代声音秩序的重构做出了一定的贡献。

一、朱自清白话诗中古典声音模式的沿用

虽然白话新诗在打破束缚之后试图重建白话新诗的纪律，但处于新旧交替时期的白话新诗人，不但受到时代精神的感召，同样会受到旧诗的音韵模式的影响。如果说胡适所开创的“尝试派”需要打破的是古典诗歌诗律束缚的话，刘半农的“重造新韵”则是给白话新诗开了一扇窗，但是，新诗的韵律究竟走向何方？向民歌学？向西方学？或者是纯然的口语化？以上种种虽然在当时均有实践，但是仍旧不能让反对派心悦诚服。恰逢其时，周作人的《中国新文学的源流》给白话文学开启了“传统”那扇曾经被封闭的窗户。“五四”第一代白话作家，对传统的态度是决绝的，如胡适，尽管自承“尝试”之作有传统的成分在，但是将之称为“缠脚的血腥气”①。鲁迅也曾说过：“新文学是在外国文学潮流的推动下发生的，从中国古代文学方面，几乎一点遗产也没摄取。”② 他们期待新的白话作者能摆脱旧文学的束缚，真正获得解放。周作人在《中国新文学的源流》一文中这样说：“我以为：现在的用白话的主张也只是从明末诸人的主张内生出来的。”③ 他刻意避开了被新文学同人所诟病的正统古文学，将古典文学中的“异端”——晚明文学——展示给新文学作家，从而为新文学向古典学习开辟了一条新路，如朱自清的白话新诗就呈现出鲜明的古今杂糅的格律特点。

（一）双声叠韵

双声叠韵作为古汉语常用的一种声韵修辞手法，在早期白话新诗的写

---

① 胡适．《尝试集》四版自序［M］//胡适全集．合肥：安徽教育出版社，2003：44.

② 鲁迅．“中国杰作小说”小引［M］//鲁迅全集（第8卷）．北京：人民文学出版社，2005：445.

③ 周作人．中国新文学的源流［M］．长沙：岳麓书社，2019：28.

作中也时常出现。胡适也承认他自己尝试使用双声叠韵的方法来帮助音节的和谐。双声叠韵能够自然地融进新诗的创作，给白话诗增添风采。朱自清诗歌中双声叠韵的使用也十分常见。如《朝鲜的夜哭》中的一段：

> 缕缕的是晚烟摇漾，
> 星星的是灯火昏煌；
> 风在树林里长啸，
> 天上更没有半星儿光芒。

这节诗中，除了句尾押韵外，还有双声词“晚烟”“昏煌”，以及叠韵词“光芒”，使诗句读来婉转动听，朗朗上口。

又如《赠 A · S》这首诗的一节：

> 地上是荆棘呀，
> 地上是狐兔呀，
> 地上是行尸呀；
> 你将为一把快刀，
> 披荆斩棘的快刀！
> 你将为一声狮子吼，
> 狐兔们披靡奔走！
> 你将为春雷一震，
> 让行尸们惊醒！

这节诗频繁出现双声叠韵词。双声词有“荆棘”，叠韵词有“狐兔”“狮子”“披靡”“惊醒”，使诗歌的语音层次更为优美丰满。

（二）一韵到底与隔句押韵

在汉语旧诗里，一韵到底十分常见，这在初期白话诗人的写作中也较为常见。朱自清的白话诗也有“一韵到底”的表现，如《我的南方》：

我的南方，
我的南方，
那儿是山乡水乡！
那儿是醉乡梦乡！
五年来的彷徨，
羽毛般地飞扬！

整首诗全押 ang 韵，且句句押韵，一韵到底，语音响亮且澎湃，极富感染力，表现诗人对南方家乡的热忱钟爱之情。

另外，隔句押韵也被朱自清运用到了白话诗当中。如《满月的光》：

好一片茫茫的月光，
静悄悄躺在地上！
枯树们的疏影
荡漾出她们伶俐的模样。
仿佛她所照临，
都在这般伶伶俐俐地荡漾；
一色内外清莹，
再不见纤毫翳障。
月啊！我愿永永浸在你的光明海里，
长是和你一般雪亮！

这首诗在首句句尾确定韵脚 ang 之后，每偶数行最后一个字押韵，形成一个完整的隔句韵的模式。隔句韵避免了诗行押韵过密，所以全诗更为舒缓自然，与诗歌所呈现的内容——轻柔静谧的月光——相得益彰，同时也保证了诗歌回环往复的韵律感。

二、朱自清白话诗声音诗学的新变

在《中国新文学大系》诗集导言中，朱自清提出："给诗找一种新语言，决非容易，况且旧势力也太大。多数作者急切里无法丢掉旧诗词的调子；但是有死用活用之别。"① 他的白话诗也一样，虽有一些旧的余韵，但仍旧试图挣脱旧的声音模式的束缚，通过诗句的排列以及用韵的创新，朱自清部分实现了白话诗声音模式的新变。

（一）诗行分裂的节奏感

白话新诗与旧体诗的区别首先体现在诗行的排列之上。旧体诗的诗行较为整齐，而白话新诗主要学习西方诗歌的分行，从而形成长短不一、参差不齐的诗歌形式。乔纳森·卡勒在《结构主义诗学》中提到诗歌分行的问题，他认为一段文字是否是诗，未必取决于语言本身，而是取决于文字排列即视觉形式。然而，诗歌文字的排列表面上是视觉意义的，但更多是属于听觉层面。古典诗句整齐对称的排列自然能够带来和谐的韵律，而变化的排列也能为诗歌带来新的听觉效果，这种音乐美并不是平仄带来的，而是诗歌内在情感决定的。白话新诗的分行以诗歌内在的情绪为依据，停顿自由，长短不一，参差错落，借以传达变化的情感，是"五四"新文学所追求的"自然的音节"的一个组成部分。

朱自清的白话诗自然也是不拘长短的。这首先体现在一些短诗之中。朱自清喜欢写短诗，他认为短诗能够经济地表现题材与情感，但在短诗中同时把握节奏和情感又十分不易。例如，他认为"满城风雨近重阳"这句诗有着完整的意境，但节奏却很急。如果能将这句诗进行分行，则会取得节奏与情感共振的效果。短诗字数少，所以短诗的分行少而集中，分行是能够舒缓节奏的一个很好的方式。如《依恋》与《沪杭道上的暮》：

依恋

坐到三等车里，
模糊念着上海的一月，
我的心便沉沉了。

① 朱自清．《中国新文学大系》诗集·导言［M］//朱自清全集（第4卷）．南京：江苏教育出版社，1988：368.

沪杭道上的暮

风澹荡，
平原正莽莽，
云树苍茫，苍茫；
暮到离人心上。

这两首简单的小诗都是朱自清在离沪的途中所作，表达了惜别的感伤之情。整首诗不过二十多个字，却通过分行与停顿，将诗人内心的情绪作一个动态的呈现。《依恋》从坐车始，继而回忆上海的日子，到最后心情“沉沉”；后一首则从沿途的景入手，用更加紧凑的停顿，从风、平原再到云树，景物的转换也是诗人情绪一层层低落的过程，直到在诗歌的最后一句形成情感的高潮。短诗通过分行，将情绪与节奏融为一体，读者在变动的节奏中，更能体会到诗人跳跃的思绪。

与短诗不一样的是，长诗能容纳的内容更多，因而，更能体现诗歌的情绪节奏与分行之间的表里相依的关系。朱自清著名的长诗《毁灭》共 8 节，246 行，记录了他在人生道路上孤独探索的心路历程，情绪饱满汹涌，起伏变化大。在《毁灭》的 246 行诗句中，最短的一行仅 2 个字，多则有 16 个字。这样长短不一的分行，是根据诗人的情绪而变化的。

朱自清在《毁灭》的前半部分传达自己迷惘、感伤与颓废的情绪。诗歌的前半部分长短句的交织，以短句为主，如：

况手所触的，
身所依的，
都是滑泽的，
都是松软的！
靡靡然！
怎奈何这靡靡然？——
被推着，
被挽着，

长只在俯俯仰仰间，
何曾做得一分半分儿主？

这节诗情绪饱满，“被推着”“被挽着”等短句，通过短暂急促的分行表现诗人在这世间被俗事、俗务压迫的深切烦闷，表现了诗人内心的挣扎与痛苦。而后一句“何曾做得一分半分儿主”，是来自内心深处的痛苦的自问，相较之前的急促，这里的情绪稍稍缓和，是一种无奈后的妥协。由于前面几处短句的铺垫，这里的一句反问显得更加具有感染力，达到震慑人心的效果。

《毁灭》一诗的主体部分，主要凸显诗人如何撇除心底的颓废芜杂，转向积极的心路历程。如：

……
真不成人样的我，
就这般轻轻地速朽了么？
不！不！
趁你未成残废的时候，
还可用你仅有的力量！
回去！回去！

前面长长的铺陈与自问，是诗人对于自我堕落的一种思考与自省，是他在久久的心灵困顿之后的醒悟与自救。这些长句，呈现出诗人深远且漫长的自我求索的过程。反问之后的“不！不！”以及“回去！回去！”这两句短促且充满力量感的呐喊，是诗人经过复杂的思考之后的选择——抛去旧日的颓废消极，重新找回一个积极平常的自己。诗句通过长短句的巧妙转换，通过恰到好处的分行，带来了阅读时的停顿，也带来了节奏——长句使读者跟随诗人一起思索痛苦，短句带给人铿锵的力量与决心。这是由诗情带来的节奏感，是独属于白话新诗的声音创造。

（二）“用韵”的创新

白话新诗追求“自然的音节”，胡适的解释是语气自然以及用字自然和谐。至于韵脚与平仄，就被置于不重要的位置。朱自清的白话诗也寻求着这种“自然的音节”，不拘平仄与韵脚，但在朗读时依旧具有悦耳动听的声音效果。这关键在于他写作中对语言的敏锐把握。虽然不强调韵脚的使用，但朱自清擅长在诗句中安排重叠与反复的字句，这样的处理也能使诗歌具有韵律感。

1. 重字与叠句——回环复沓的节奏

朱自清多在句末或句首安排重字，造成类似于句首韵或句尾韵的效果。

如《怅惘》这首诗，句尾重复“了”与“着”二字，形成一种回环反复的声音效果：

至如今我像失了什么，
原来她不见了！
她的美在沉默的深处藏着，
我这两日便在沉默里浸着。
沉默随她去了，
教我茫茫何所归呢？
但是她的影子却深深印在我心坎里了！

还有《不足之感》这首诗，句首重复“他”“我”二字，形成句首韵的声音效果：

他是太阳，
我像一枝烛光，
他是海，浩浩荡荡的，
我像他的细流；
他是锁着的摩云塔，
我像塔下徘徊者。

除了重字以外，朱自清的白话诗还运用较多的重复，这也能形成诗歌回环往复的声音效果。在《毁灭》中重复出现的“回去！回去！”，在《努力》中也有“努力！努力！”的重复；甚至有重复的句子，如《旅路》中的“唉，眼前已是我的屋里了！”《挽歌》中“我把你的魂来招！”“呀！我的眼儿焦”“你的影儿遥！”这三句话也在不断重复。重复的句子不只带来了声音上的节奏美，更表现了情绪上的层层深入，是一种诗情与节奏的合一。

2. 双音节与多音节的变换

旧体诗多以单音节为主，林语堂认为“这种极端的单音节性造就了极为凝练的风格”，“每个字、每个音节都经过反复斟酌，体现了最微妙的语音价值，且意味无穷”①。他所说这种“语音价值”，就是古典诗所具有婉转上口的韵律感。而白话新诗以双音节为主，双音节乃至多音节的变换为白话诗带来了新的魅力。

朱自清白话诗的节奏自由，以双音节、多音节为主，不同的音节之间会形成停顿，而停顿自然会带来节奏的变化。朱自清的诗歌多是双音节与多音节的交织，变换自由。如《静》这首诗的前半段：

淡淡的｜太阳｜懒懒地｜照在｜苍白的｜墙上；　(323232)
纤纤的｜花枝｜绵绵地｜映在｜那墙上。　(32323)
我们｜坐在｜一间｜“又大｜又静｜又空”｜的屋里，(2222223)
慢腾腾地，｜甜蜜蜜地，｜看着　(442)
太阳｜将花影｜轻轻地，｜秒秒地｜移动了。　(23333)

这首诗主要是双音节与三音节的交叉，最长的出现的是四音节，句尾是偶音节与奇音节的交错，没有特别的规律可循，自由灵动。第一行的诗句由6个节拍构成，节奏舒缓，读来朗朗上口，配合了诗歌的情绪，传递着一种慵懒静谧的感觉。

---

① 林语堂．中国人［M］．上海：学林出版社，2007：222.

另外，朱自清一些诗歌的节奏类型更为紧密急促，借此来表达蓬勃昂扬的情感，如《挽一多先生》：

你 | 是一团火，（14）
照彻了 | 深渊；（32）
指示着 | 青年，（32）
失望中 | 抓住自我。（34）
你 | 是一团火，（14）
照明了 | 古代；（32）
歌舞 | 和竞赛，（23）
有力 | 如猛虎。（23）
你 | 是一团火，（14）
照见了 | 魔鬼；（32）
烧毁了 | 自己！（32）
遗烬里 | 爆出个 | 新中国！（333）

这首诗音节构成简单，并且具有对称性，每节的前三句都是 14、32、32 的节奏型，形成回环复沓的声音效果，而每节的最后一句又是不一样的音节类型，在统一中又有变化。另外，诗歌基本上每行仅由两个音节构成，句式短促，与诗歌传达的热烈激昂的情绪形成内在一致性，诗歌内在情感与外在形式互为表里。

3. 轻声的韵律感

声调是汉语独有的语音特点，对轻声的重视是从民国开始的。1922 年赵元任首次在《国语罗马字研究》中提出“轻声”的概念。而后魏建功对轻声字进行了分类与研究，他认为轻声是一种变调，在文言中原来是没有的，并深刻指出轻声变调在新诗创作中的重要意义。“近来白话文讲如何符合口语，但都不很在意变调，这是一个缺点。……白话文既求接近口语，那么新诗作者就应该注意这一点，多以变调押韵，以表现我国语言的特色，这样，庶乎可以产生伟大的作品。"[①] 胡适也认为："我们检直可以说，白话诗里只有轻重高下，没有严格的平仄。……白话诗的声调不在平仄的调剂得宜，全靠这种自然的轻重高下。"[②] 他们都提到了轻重音的交替也能取得适宜的韵律感，这也是白话新诗的一种新的声音呈现。

朱自清的白话诗存在大量结构助词，如"的""着""了"等，这些轻声字的频繁出现，使诗歌节奏获得了长短、轻重、高下的节奏感。对《怅惘》这首诗进行轻声解读如下：

> 只如今｜我像｜失了（轻）什么（轻），
> 原来｜她不见了（轻）！
> 她的（轻）美｜在沉默的（轻）深处｜藏着（轻），
> 我这两日｜便在沉默里（轻）｜浸着（轻）。
> 沉默｜随她去了（轻），
> 教我茫茫（轻）｜何所归呢（轻）？
> 但是她的（轻）影子（轻）｜却深深（轻）印在｜我心坎里（轻）了（轻）！
> 原来｜她不见了（轻），
> 只如今｜我像｜失了（轻）什么（轻）！

在这首诗中，朱自清运用较多的轻声字"的""了""着"，而且每行诗句的每个节拍都几乎含有一个轻声字。轻声字发音轻而促，它一般依附于前面的字，形成一个节拍，如"沉默里""沉默的""浸着""藏着"等，在这样的节拍中，轻声字便与前面的字构成了长短重轻的新的声音结构，使句子节奏舒缓，多有变化。

又如《小草》这首诗的一节：

---

① 魏建功．魏建功文集（第1卷）[M]．南京：江苏教育出版社，2001：636.

② 胡适．谈新诗 [J]．星期评论，1919（纪念号5）：1-4.

睡醒了（轻）的（轻）丨小草
如今丨苏醒了（轻）！
立在丨太阳里（轻）！
欠伸着（轻），丨揉她们（轻）的（轻）丨眼睛（轻）。

该诗原本句式短小简单，节奏单纯，但朱自清在简单的句子中加入了较多的轻声字，舒缓了紧凑的节奏，使诗歌更具一番悠远缠绵的韵律感。

除此以外，轻声字还能改变以往僵化呆板的声音模式，用于句尾，可以带来一种余音袅袅的声音效果。如《努力》这首诗，除了句尾的“着”字押韵外，还有前面的实字押 ang 的韵，但加上了“着”这个虚字，便构成一种新的声音结构，这个结构整体押韵，将韵尾拉长，声调变轻，更为舒缓自如，朗朗上口。

河的中流，
一只渔船荡着。
桨师坐在船头，
两眼向天望着。

“呀！天变了，
风暴给我撞着！……
看他雨横风狂，
只好划开船让着！”

容你让么？
船身儿不住的前后躺着。
“不让了！”
尽向浪头上飏着……

船呢？

往前了，和波涛抢着！
“有趣啊！有趣啊！”
桨师口中唱着。

沸腾的浪花里，
忽隐忽现的两枝桨儿荡着。
哦！远了，远了，
只见一点影儿一起一落地漾着！

努力！努力！
你们自己的世界，你们在创着！
努力！努力！
直到死了，在洪流里葬着！

（三）方言、口语的加入

方言、口语被视为“活的语言”，方言入诗也成为“五四”白话新诗发展的重要一环。朱自清在读了用“活”的北平土话写的小说后，他提出，“它比文言近于现在中国大部分人的口语，可是并非真正的口语，换句话说，这是不大活的”，而“用活的方言作文还只有几个人试验，没有成为风气；但成绩都还不坏”。① 朱自清十分赞赏徐志摩用硖石方言所作的《一条金色的光痕》一诗，认为该诗独有一番活泼亲切的韵味。可见，白话新诗的声音魅力不仅体现在音乐性上，还体现在口语化、方言化的自然、活泼表达之中。

朱自清是当时诗坛上较早地用方言写诗的作家之一。《小舱中的现代》写于1922年，是一首全用口语写的白话诗。这首诗主要展现了船舱中各种叫卖的声音，对话独白又由方言口语构成，使诗歌充斥着喧闹活泼的感觉，

① 朱自清．论白话［M］//朱自清全集（第1卷）．南京：江苏教育出版社，1988：267－272.

如“竹耳扒，破费你老人家一个板；只当空手要的！”“行好的大先生，你可怜可怜我们娘儿俩啵——肚子饿了好两天罗！”① 这些方言对话占据了全诗的三分之一，凸显着各式各样的底层人的生活现状。诗歌的前20行直接由方言构成，后面则是诗人用自己的语言——带着欧化的口语抒发情感，在这首诗中形成了略带割裂感的两个部分，前一部分是下层劳动者视角的生活图景，而后一部分是知识分子对此的凝视与感触。但总体来说，这首诗形式灵活自然，用语俚俗，生动活泼，是当时极为难得的方言诗作之一。

除了《小舱中的现代》，朱自清的《星火》写于1921年，全诗也带着些许的方言色彩。不同于《小舱中的现代》的旁观视角，这首诗以第一人称自述的口吻，叙述了卖酥饺的小伙的不幸遭遇：

在你靡来这四五个月，
我老子死了，
娘也没了；
只剩我独自一个了！（《星火》）

诗歌开头，便是小伙的自述，奠定了全诗的情感基调，也将方言的韵味带入诗中。全诗情感真挚，通俗自然，一气呵成。

朱自清的方言诗写作的时间都较早，数量也不多，在当时来说是一种可贵的尝试与探索，在这些方言诗中，往往能看到朱自清对底层百姓艰苦生活的密切关注。在白话新诗才开始登上历史舞台的时候，朱自清就用全力作出了多种尝试，用口语方言入诗，为白话新诗带来不一样的声音韵味。

总的来说，朱自清试图以多种方式突破传统的声音模式，利用白话的字句形成新的、独具声音魅力的写作。然而，朱自清的新诗创作是他融入时代大潮的一次实验，终究没能在当时形成艺术的独创性。在诗歌之后，朱自清转向了散文创作，才真正形成具有自身特色的声音写作体系，艺术品格也日益成熟。

---

① 朱自清．小舱中的现代［M］//朱自清全集（第5卷）．南京：江苏教育出版社，1988：76.

第四章
朱自清散文声音诗学
——字音与句式的语音双重实践

韦勒克与沃伦强调语言的“声音”对于文学作品审美的重要性，他们说：“每一件文学作品首先是一个声音的系列，从这个声音的系列再生出意义……在许多艺术品中，当然也包括散文作品在内，声音的层面引起了人们的注意，构成了作品审美效果不可分割的一个部分。”① 朱光潜在《散文的声音节奏》中也谈论了语言的美学问题，认为“段落的起伏开合，句的长短，字的平仄，文的骈散，都与声音有关”“语体文必须念着顺口，像谈话一样，可以在长短、轻重、缓急上面显出情感思想的变化和生展”。② 散文不像诗歌，需要节奏、韵律等显在的语音特征作为文体的区别，因而，在“五四”白话文运动时期，对“新韵”的考量，多集中在白话新诗领域，而早期白话散文的声音美学特点，尚未来得及讨论。

古人作文，强调字斟句酌，但是，古时文人，若说“字斟”，有之；若说“句酌”，倒也未必。1924 年，黎锦熙出版《新著国语文法》一书，提出“依句辨品，离句无品”的“句本位”语言学思想，预示着白话文学从“词本位”到“句本位”观念的转变。③ 朱自清认识到，相较于诗歌，散文

① 韦勒克（R. Wellek），沃伦（A. Warren）. 文学理论［M］. 刘象愚，等译. 北京：三联书店，1984：166.

② 朱光潜. 散文的声音节奏［M］//谈文学. 西安：陕西师范大学出版社，2019：64.

③ 黎锦熙. 新著国语文法［M］. 长沙：湖南教育出版社，2007：3.

的韵律更体现在句子的结构上。1924 年，朱自清在长文《文艺之力》中就认为句子的形式的改变将改变句子的语音以及语义。① 在此，本书无意将朱自清的这一观点解读为受到语言学家黎锦熙的影响，但是，可以肯定的是，朱自清与当时的文法学家（语法学家），如黎锦熙、王力等过从甚密，他对这一观点有所了解应该是可能的。

在现代文法学（语法学）的影响下，加之讲演、朗诵、教学等历练，朱自清逐渐形成自己独特的声音诗学，并不断通过散文实践进行修正，形成三个维度的特点：其一，追求自然上口的艺术语言；其二，利用文字的声音，构建悦耳赏心、充满情感的声音节奏；其三，以句子的组织，构建独有的韵律结构，形成独特的艺术思维方式。同时，朱自清的经典散文创作于20 世纪20 年代，随后入选各级学校的“国文”教材，成为青年写作的范本，并成为“国语文学”重要构成。

第一节　自然上口的文学语言

朱自清早期的演讲活动、朗诵经验，以及国文教师的身份，使他形成自然上口的声音诗学观，在文学写作中追求自然上口的艺术语言，是朱自清白话文写作的重要特点。然而，正处于语言变革时期的文学写作，要想达到自然上口的声音效果，也绝非易事。朱自清的散文在经历了后期的艺术蜕变后，最终形成“谈话风”的艺术语体，这是他声音诗学的语言基础。

用口语锤炼而成的“谈话风”的艺术语言，在阅读时，给读者带来现场的声音效果。正如哲学家加达默尔所说：“所有理解性的阅读始终是一种再创造和解释。重音、节奏以及诸如此类东西也属于全无声的阅读。意义性事物以及对它们的理解是如此紧密地与语言的实际物理性能相连，以致

---

① 朱自清．文艺之力［M］//朱自清全集（第4 卷）．南京：江苏教育出版社，1988：104.

理解总包含一种内在的言语活动。”① 在阅读文学作品的过程中，即使是无声的阅读，也会包含有内在的言语活动，即在无声阅读中，通过语言文字，形成来自心底的拟音。而与说、写的距离最近的谈话风的文学语言，必然更能给人一种独特的声音享受。

一、“近于口语”的声音诗学观

一直以来，朱自清对“语言”问题都十分敏锐，他的语言观点与他的温柔敦厚的性格一样，持中而不偏于极端，立足于时代而忠于自己的创作实践。在“五四”时期众多关于语言的论争中，朱自清的语言观点及其语言实践，都呈现出不偏不倚的中庸之道。

由于口语与书面语长期分离，书面语逐渐远离民众的日常生活，出于增强民智与救国启蒙的目的，“五四”一代新文化人不约而同地将“言文一致”作为语文现代化的目标，于是，以口语为主的白话文写作成为文化变革的主旋律。

朱自清重视口语，他提倡“用笔如舌”，强调吸收口语活泼、亲切、自然的一面。他看到当时流行的语言欧化痕迹太重，提出要“以最近于口语为标准；那些太曲太长的句子，教人永远念不顺口的，都用不着”。② 他认为，将“最近于口语”作为白话文的标准，能使文章顺口顺耳，还能得到“求真化俗”的效果——“真”是“如实和直接”，也是“自然的意思，自然才亲切，才让人容易懂，也就是更能收到化俗的功效，更能获得广大的群众”③。口语成为朱自清文学语言的第一选择，口语作为“活”的语言，它更能贴近民众，也更容易被理解与欣赏。

朱自清虽然重视与提倡口语，但他鲜明地认识到“言文一致”是不可

---

① 汉斯-格奥尔格·加达默尔．真理与方法：哲学阐释学的基本特征［M］．洪汉鼎，译．上海：上海译文出版社，2004：225.

② 朱自清．文言白话杂论［M］//朱自清全集（第4卷）．南京：江苏教育出版社，1988：351.

③ 朱自清．论雅俗共赏［M］//朱自清全集（第3卷）．南京：江苏教育出版社，1988：220.

能实现的，只是一种理想，这一语言观点对“五四”第一代作家的主张有所修正，而更近于文学创作的实际。因为“口语跟文言、白话的规则有差别”①。“近于口语”也不等于完全挪用口语。朱自清看到了口语与书面语之间存在的不同，“文字没有声调，口语却有”“口语里文法与文字不尽相同”“口语有姿势或表情帮助传达意思，文字却无此方便”。② 书面语与口语在声调、文法等方面存在诸多不同，且“文字不全合于口语，可以使文字有独立的地位，自己的尊严”③。因而，将口语完全挪用在书面语中，一味地追求言文一致是不合适且不可能实现的。除此之外，他还认为在文学创作中口语并不够用，在语言现代化的背景下，语言的欧化是一股不可阻挡的潮流趋势。因此，他主张在“尽量用口语”的同时，可以根据表情达意的需要，适度地吸收和糅合富有生命力与表现力的文言成分以及西欧语言的某些表现方式，使之“变为己有”，从而创造出真正意义上的艺术化了的口语。④

那么，怎样的语言才是最理想的白话文语言？朱自清提出，要想写作理想的白话文，就要在写作时对口语“作一番洗练的工夫”，洗练过后的白话文“可以引起读者念与听的时候的快感”。⑤ 而“洗练的工夫”是可以通过“上口不上口”进行检验的，只要是符合说话的规则方式的，即使是一些文言字词或者欧化语言，在适当的情况下，也可以被容纳进白话文中，并能给白话文写作增添别样的风味。这样的语言是朱自清心目中理想的白话文语言，也正是“谈话风”艺术语言风格。

---

① 朱自清．文言白话杂论［M］//朱自清全集（第4卷）．南京：江苏教育出版社，1988：352.

② 朱自清．语文杂谈［M］//朱自清全集（第8卷）．南京：江苏教育出版社，1988：203－204.

③ 朱自清．诗的形式［M］//朱自清全集（第2卷）．南京：江苏教育出版社，1988：400.

④ 朱自清．《语文拾零》序［M］//朱自清全集（第3卷）．南京：江苏教育出版社，1988：3－4.

⑤ 朱自清．理想的白话文［M］//朱自清全集（第8卷）．南京：江苏教育出版社，1988：359.

二、“谈话风”的声音诗学观

朱自清在《内地描写——读舒新城先生〈故乡〉的感想》中，提到了“谈话风”的语言，表现为“像寻常说话一般，读了亲切有味”，他认为“这种谈话风的文章，正是我们所需要的”。① “谈话风”的语言体现了说与写的高度统一，在阅读文学作品时，心底也仿佛浮现了亲切的谈话声，这种自然和谐的声音效果是他一贯以来的声音诗学追求。总的来说，朱自清“谈话风”艺术语言具体表现在两个方面——对口语的灵活运用以及对文言、欧化语的合理吸收与运用。

朱自清“谈话风”语言的一大特色，是他对口语语汇、句法的吸收运用。恰当地使用活泼灵动的口语词汇，加上自由的口语句法，能使文章独具口语的本色与韵味。

《回来杂记》这篇文章很好地体现了朱自清口语写作的精妙。朱自清将北方口语创造性地融入了散文之中：

> 北平就是粮食贵得凶，别的还差不离儿。……北平算得是“有”的都市，西南几个大城比起来真寒尘相了。再去故宫一看，吓，可了不得！……小市和地摊儿自然不在话下。逛故宫简直使人不想买东西，买来买去，买多买少，算得什么玩意儿！北平真“有”，真“有”它的！（《回来杂记》）

这个语段是全用北京口语进行的创作，其中“差不离儿”“可了不得”等表述，增添了文章的趣味性，使文章显得活泼、灵动。在此基础上，口语句式的加入更加使文学语言焕发出口语自然灵动的魅力：

---

① 朱自清．内地描写——读舒新城先生《故乡》的感想［J］．太白，1934，1（5）：239－240.

老兄，真有你的，上海到底不曾太委屈你，瞧你那《买粽子》的劲儿！（《子恺漫画·代序》）

园子里，田野里，瞧去，一大片一大片满是的。坐着，躺着，打两个滚，踢几脚球，赛几趟跑，捉几回迷藏。（《春》）

在上述句子中，“真有……的”“到底不曾……”“瞧你那……的劲儿”“打两个滚”“踢几脚球”等句式，都是常见的口语句式，它们极具表现力，具有书面语无法替代的感染力。在书面语中加入这些口语表达，使语言“虎虎有生气”①，如同与作者面对面交流一般。

对文言词汇、欧化语体的适度运用，也是“谈话风”语言构成的一个重要层面：

我倒是觉得芝麻烧饼好，一种长圆的，刚出炉，既香，且酥，又白，大概各茶馆都有。……但南京人都说盐水鸭更好，大约取其嫩，其鲜。（《南京》）

这段文字以口语为主，但朱自清又十分自然地糅合了一些文言成分，将“既”“且”“其”巧妙地加入文段中，两个“其”又重复间隔，使句式工整而简短，获得了文言音节的铿锵之美。不光具有口语的明快，也有着文言的凝练。②

另外，朱自清也创造性地吸收欧化语的有益成分：

然而革命了，民国了，新文学运动了，……大家该一律用白话作文，不该有士和民的分别。（《论通俗化》）

我觉得自己是一张枯叶，一张烂纸，在这个大时代里。（《论无话

① 朱自清．论白话［M］//朱自清全集（第1卷）．南京：江苏教育出版社，1988：271.
② 吴周文，等．朱自清散文艺术论［M］．南京：江苏教育出版社，1994：153.

可说》)

《论通俗化》这篇文章，朱自清在“欧化语体”的基础上，糅合口语，将口语词尾“了”与双音节词联合起来，在“革命”“民国”“新文学运动”后加上“了”，使之动词化，表述更为简洁，也获得较强的艺术表现力。而《论无话可说》这篇文章则糅合了欧化语法中的倒装，将“在这个大时代里”放在句尾，形成强调。

口语中适当地糅合文言、欧化语的成分，成为朱自清“谈话风”的艺术语言的一大特点。这样的语言不仅有着浓郁的北京地方特色，具有口语通俗易懂，活泼灵动的艺术特点，又带有知识分子语言的艺术表现力，做到了雅俗共赏。这种语言看似朴素简单，实则其中的每个字词都经过了仔细斟酌，体现着最本色的语言魅力。

然而，在朱自清的散文创作中，“谈话风”的语言风格并非朱自清的艺术追求的首选，尽管在创作的早年，他将白话文学“自然的音节”悬之为标高，但其个人气质，以及年轻创作者的心性，使得朱自清早期的诗歌与散文呈现清丽且雕琢的特点，距离“谈话风”有一定的距离。朱自清自觉地使用口语创作，开始于1924年的《生命的价格——七毛钱》，这标志着朱自清“谈话风”语言的初步形成。① 但这时，朱自清的语言风格并不成熟，口语与书面语的糅合还尚未做到十分自然、不着痕迹：

> 呜呼，是谁之咎欤？(《航船中的文明》)

> “孤掌难鸣”，或者她饱饫了诸位“批评家”的宏论，也不要鸣了罢。“是非之心”，虽然“人皆有之”，而撑船经商者流，对于名教之大防，竟能剖辨得这样“详明”，也着实亏他们了。(《航船中的文明》)

> 他老忘不了叫你着急，叫你担心，那位店东家两回得吓诈，且甭提，只提“他们头一宵的恩爱”那一段，那女得三回说到嘴边又瞒过

① 吴周文，等．朱自清散文艺术论［M］．南京：江苏教育出版社，1994：171．

勒得那句话，你能不纳闷儿？（《给〈一个兵和他的老婆〉的作者——李健吾先生》）

以上选自《航船中的文明》中的两节语段，文言的加入使句子明显变得更为拗口，尽管作者用了许多地道的口语，但文言痕迹较重，文白反差明显，使整篇文章显得不够自然；《给〈一个兵和他的老婆〉的作者——李健吾先生》这篇文章是朱自清“拟原书的口语体”写成的，结果却“不太像”,[①] 方言的过度使用，导致文章带有矫揉造作的感觉，稍显油滑与市井。这都源于朱自清口语体书写的时候没有把握好“度”，致使文章偏于一端。但朱自清的探索并没有就此止步。

自 1932 年的《给亡妇》开始，朱自清的“谈话风”语言就开始进入稳定发展的阶段，后期朱自清创作了《欧游杂记》《伦敦杂记》《说扬州》等文章，“谈话风”的语言风格在这些散文中明显臻于成熟、趋于完善。

《欧游杂记》《伦敦杂记》是朱自清后期散文的代表，叶圣陶曾高度评价朱自清后期的散文，认为他前期的散文如《匆匆》《荷塘月色》等文章，“有点儿做作，太过于注重修辞，见得不怎么自然”[②]，而后期的《欧游杂记》《伦敦杂记》则“全写口语”，且“念起来上口”。整体上看，朱自清后期散文在语言上更为纯粹，基本全用口语，较少使用文言词汇，但都上口入耳，有现代口语的韵味。

在《欧游杂记》的序言中，朱自清写道，这些游记类的写作本是送给中学生的“礼物”，预设的读者群体是中学生，有一种写作示范的意味。在写作时，他有意为中学生设立写作的范本——用标准的现代口语写作。朱自清的口语是知识分子的口语，这样的语言是来源于活的北京口语，经过适当的剪裁搭配后形成的。文字没有刻意地修饰与抒情，显得简洁又自然，显示着他“谈话风”声音诗学的成熟。

《威尼斯》一开头便是一段自然简洁的语言：

---

① 朱自清.《你我》自序［M］//朱自清全集（第 1 卷）. 南京：江苏教育出版社，1988：114.

② 叶圣陶. 朱佩弦先生［M］//朱自清研究资料. 北京：北京师范大学出版社，1981：3.

威尼斯（Venice）是一个别致地方。出了火车站，你立刻便会觉得；这里没有汽车，要到那儿，不是搭小火轮，便是雇“刚朵拉”（Gondola）。大运河穿过威尼斯象反写的S；这就是大街。另有小河道四百十八条，这些就是小胡同。轮船象公共汽车，在大街上走；“刚朵拉”是一种摇橹的小船，威尼斯所特有，它那儿都去。威尼斯并非没有桥；三百七十八座，有的是。只要不怕转弯抹角，那儿都走得到，用不着下河去。可是轮船中人还是很多，“刚朵拉”的买卖也似乎并不坏。

这一段文字介绍了威尼斯的交通，表意简洁明了，即威尼斯的交通主要靠船，因为桥多且曲折，没有作更多的引申与抒情。句式灵活，短句居多，且有灵动的倒装句——“三百七十八座，有的是”，仿佛作者就是威尼斯的导游，娓娓道来，十分亲切自然。

在《欧游杂记》《伦敦杂记》两部散文集中，朱自清详细记载了威尼斯、罗马、巴黎等各个地方的地理位置、风物人情，笔触平实，没有过多的修饰语，却又不至于严肃、沉闷，主要由于散文中句子安排灵活，长短句交错，短句居多，容易形成乐感：

河水终日悠悠地流着，两头一眼望不尽；左边卢佛宫，右边圣母堂，古香古色的。书摊儿黯黯的，低低的，窄窄的一溜；一小格儿一小格儿，或连或断，可没有东安市场里的大。（《巴黎》）

两岸山上布满了旧时的堡垒，高高下下的，错错落落的，斑斑驳驳的：有些已经残破，有些还完好无恙。这中间住过英雄，住过盗贼，或据险自豪，或纵横驰骤，也曾热闹过一番。（《莱茵河》）

《巴黎》中的这段话中不乏文言词汇，但读来不拗口，由于短句居多，反而读来自然灵动，具有节奏感。而《莱茵河》中的这段话更是运用了各种叠词，也以短句为主，读来朗朗上口，并不觉枯燥无味。与前期的口语体散文一样，朱自清善于从叠音、长短句中激发语言的韵律美。

将朱自清后期散文与前期散文进行比较，可以发现二者虽然同样都运用口语，但有着很大的不同。同样是写湖水/潭水，前期散文《绿》与后期散文《瑞士》呈现了完全不一样的艺术效果：

> 这平铺着，厚积着的绿，着实可爱。她松松的皱缬着，象少妇拖着的裙幅；她轻轻的摆弄着，象跳动的初恋的处女的心；她滑滑的明亮着，象涂了"明油"一般，有鸡蛋清那样软，那样嫩，令人想着所曾触过的最嫩的皮肤……（《绿》）

> 瑞士的湖水一例是淡蓝的，真正平得象镜子一样。太阳照着的时候，那水在微风里摇晃着，宛然是西方小姑娘的眼。若遇着阴天或者下小雨，湖上迷迷濛濛的，水天混在一块儿，人如在睡里梦里。也有风大的时候；那时水上便皱起粼粼的细纹，有点象颦眉的西子。（《瑞士》）

《绿》写潭水的绿，用了一些书面语，如"厚积""皱缬""裙幅"等，而"跳动的初恋的处女的心"等表达，是受了欧化语法的影响，整个句子并没有用纯粹的口语进行书写，读来也有拗口与不通的地方。而《瑞士》中写湖水的蓝，基本全用口语，没有过多修饰语的堆砌，读来通顺、自然。在前后的对比中，我们便可以看出朱自清后期散文的语言具有自然上口的声音诗学特质，读来别具一番韵味。

第二节 散文"上口"的声音节奏

朱自清的散文语言以北京口语为基础，他说虽然"自己是苏北人，却赞成将北平话作为标准语"①。汉语本是一种声调语言，汉语口语更是活泼多样、富于乐感，口语将汉语的声调美、音韵美发挥到了极致。汉语口语

① 朱自清．论国语教育［M］//朱自清全集（第3卷）．南京：江苏教育出版社，1988：193.

以声为主的审美特点深刻影响了朱自清的散文创作。同时，朱自清深厚的古文修养也影响了作品的声音韵味，使文章读来具有古文的韵律美。不论是从口语还是从古文中汲取的声音美，都能与作品的情感互为表里，起到传情达意的艺术效果。因此，朱自清的散文不仅能从意象、辞格等方面进行解读，更能够从声音的角度来品味与欣赏。

一、口语式的声音诗学

汉语具有讲平仄、重音律、语言顺序千变万化、元音多辅音少、音节界限清晰、四声起伏跌宕、循声变调、平仄相间、含有大量双声叠韵叠音词、句调押韵等特点。汉语本身所具有的这些语音审美性，在朱自清的笔下焕发出更为强大的生命力，与他要传达的情感相互激活，情动而声发，形成不可取代的声音美。

具体而言，口语较书面语更具表情表音功能，正如朱自清所说："这韵律其实就是声音的自然的调节，凡是语言文字里都有的。"① 所谓"声音的自然的调节"，可以理解为对口语抑扬顿挫的一种吸收——他不仅关注到字音，还强调句式，这些都成为朱自清散文声音节奏的重要组成部分。

（一）轻声与儿化

轻声是自然语言中常见的一种语音流变，是口语语音的一个特点。轻声短而轻，在句中可以形成"顿"的节奏，在句尾又能构成"长短律"的节奏。朱自清也认为轻声可以调节音节和诗行。口语轻声在朱自清散文中被频繁使用，使文章节奏灵活，整齐中又有变化。如《荷塘月色》中的一个语段：

曲曲折折的/荷塘上面，弥望的是/田田的/叶子。叶子/出水/很高，像/亭亭的/舞女的/裙。层层的/叶子/中间，零星地/点缀着/些/

---

① 朱自清．文艺之力［M］//朱自清全集（第4卷）．南京：江苏教育出版社，1988：103－104.

白花，有/袅娜地/开着的，有/羞涩地/打着/朵儿的；正如/一粒粒的/明珠，又如/碧天里的/星星，又如/刚出浴的/美人。微风/过处，送来/缕缕/清香，仿佛/远处/高楼上/渺茫的/歌声似的。这时候/叶子/与/花/也有/一丝的/颤动，像/闪电般，霎时/传过/荷塘的/那边/去了。叶子/本是/肩并肩/密密地/挨着，这/便/宛然/有了/一道/凝碧的/波痕。叶子/底下/是/脉脉的/流水，遮住了，不能/见/一些/颜色；而/叶子/却/更见风致了。(《荷塘月色》)

由于轻声的特殊性，它必须依附于前面的音节，组成一个连续的节拍。这个语段可划分为 85 个节拍，其中 50 个节拍以重读音节结尾，35 个节拍以轻声音节结尾。轻声音节与重音音节交错相间组成节拍群，形成了这一语段长短交错、虚实互生、明暗相映、强弱分明、轻重有致的美学特征。该语段的节奏感因之大大增强，言语旋律美妙好听。

又如《匆匆》里的这一个语段：

燕子/去了，有/再来的/时候；杨柳/枯了，有/再青的/时候；桃花/谢了，有/再开的/时候。但是，聪明的，你/告诉我，我们的/日子/为什么/一去/不复返呢？——是/有人/偷了/他们罢：那是/谁？又/藏在/何处呢？是/他们/自己/逃走了/罢：如今/又到了/那里/呢？(《匆匆》)

该语段一共 87 个音节，其中就有 26 个轻声音节。一共有 42 个节拍，轻声音节结尾的就有 23 个，占据一半以上。轻重音的搭配，使情绪在一定限度内小幅度地起伏变幻，表达作者对时间易逝的无奈叹惋之情，声调是轻轻、低低、短短的，情绪也是淡淡、浅浅、微微的，二者互相交融，读来极富有韵味与节奏感。

除了对轻声的使用频繁，朱自清还特别注意吸收北京口语中的儿化音。“儿”字轻巧柔和，能够使句子生动活泼，朗朗上口，具有浓厚的生活气息。朱自清在《回来杂记》中大量使用了儿化词，有“差不离儿”“小玩意儿”“慢点儿”“悠悠儿”“有点儿”“三轮儿”等，这些儿化词都透着亲切自然的情感，洋溢着北京方言的韵味。

《春》是朱自清模仿儿童口语写的一篇短文，全文600多字，共有8处用到了儿化音，使全篇充满了童趣，有一股天真活泼之感。如：

> 桃树、杏树、梨树，你不让我，我不让你，都开满了花赶趟儿。红的像火，粉的像霞，白的像雪。花里带着甜味，闭了眼，树上仿佛已经满是桃儿、杏儿、梨儿！花下成千成百的蜜蜂嗡嗡地闹着，大小的蝴蝶飞来飞去。野花遍地是：杂样儿，有名字的，没名字的，散在草丛里，像眼睛，像星星，还眨呀眨的。

在这个百来字的语段中，共有5处儿化音，且大多分布在句尾，给句子增添了不少轻灵之感，且带有天真、活泼的情感色彩。

又如《〈忆〉跋》一文中：

> 在这些夜里，他那生活的模样儿啊，短短儿的身材，肥肥儿的个儿，甜甜儿的面孔，有着浅浅的笑涡；这就是他的梦，也正是多么可爱的一个孩子！

这个语段频繁运用儿化字去描绘小孩子的面貌，字里行间充满了怜爱之情，读来自然亲切，荡漾着浓浓的宠爱之情。

（二）叠音叠字

叠音是日常生活语言中常见的一种表现形式。在语言表达中，相同的字重复，相同音节叠用，叫重字叠音，或称“叠字”“叠音”等。① 叠音能够使文章和谐悦耳，增强语言的音乐性，也能使语言更富有感情色彩，生

---

① 姜燕．汉语口语美学研究［D］．济南：山东师范大学，2011．

动形象。

运用叠音是朱自清散文的一大声音特点。《春》全文仅600多字，但有16处运用了叠字，全文充满了春天即将要来临的生机盎然之感。如：

> 天上风筝渐渐多了，地上孩子也多了。城里乡下，家家户户，老老小小，他们也赶趟儿似的，一个个都出来了。舒活舒活筋骨，抖擞抖擞精神，各做各的一份事去。

这段话仅62个字，却有6处叠字的运用，且包含了朱自清叠字运用的大多数形式，即AA式、ABAB式、AABB式、ABB式。他的叠字运用多且富于变化。AA或者ABB式的表达使音韵和谐，而ABAB的表达往往一轻一重，形成轻重律的效果，使声调在统一中有变化，获得抑扬顿挫的美感。

朱自清其他的散文也常用叠字。《桨声灯影里的秦淮河》共有多处叠字，稍短一些的《荷塘月色》共26处叠字，《绿》虽短却也有16处叠字，其他的散文如《匆匆》《瑞士》等，叠字的使用也十分突出。这些叠字多为形容词，也有少量的副词，在文中多作为状语或定语，一般用来表现程度之深或者表达浓厚的感情。如"田田的叶子""亭亭的舞女的裙"，这些AA式的叠字不仅起到了和谐音节的效果，更使得充沛的情感借助声音得以表现，达到声与情共振的艺术效果。《〈忆〉跋》中，甚至出现了多个叠字连用的现象："在这个大梦里，一定还有长长短短，深深浅浅，肥肥瘦瘦，甜甜苦苦，无数无数的小梦。"在这句话中，五个四字叠音词连用，形成语感上连续的韵律感，也传达出人生变幻无穷的朦胧梦幻之感。

另外，朱自清散文中的叠音字有一个特点，即开口音占多数，如《桨声灯影中的秦淮河》一文中的"朦朦胧胧""阴森森""冷冷的""嘈嘈切切""腾腾的""淡淡的"等，《春》中的"慢慢""抖擞抖擞""老老小小""微微""嗡嗡""嫩嫩"等，还有《绿》中的"纷纷""闪闪""往往"等，都是开口音。它们音节响亮，开阔有力，具有明朗积极的色彩。朱自清擅用温和柔美的字音，洋溢着他温柔敦厚、清淡平和的修养与情性。

（三）长短句交错

朱自清在《文艺之力》中写道，除了字音之外，音节的长短与句式的长短、曲直都可以决定韵律。口语句式灵活多变，以短句为主。朱自清在文章中也多用短句，形成谈话风的语言特点。《荷塘月色》《背影》《春》三篇散文平均句长仅 6.89 字，《春》平均句长最短，只有 5.73 字。[①] 短句使文章简单明了，充满生活气息，且又具备朗朗上口的韵律感。如《春》中的这一语段：

> 小草偷偷地从土里钻出来，嫩嫩的，绿绿的。园子里，田野里，瞧去，一大片一大片满是的。坐着，躺着，打两个滚，踢几脚球，赛几趟跑，捉几回迷藏。风轻悄悄的，草软绵绵的。

该语段短的句子少至 2 个字，长的则有 11 字，这种错落有致的安排，易于形成回环曲折的声音效果，更为朗朗上口，也更具备生动、活泼的生活气息。

再如《匆匆》开头的一句话：

> 燕子去了，有再来的时候；杨柳枯了，有再青的时候；桃花谢了，有再开的时候。

这句话由三个分句构成，每个分句都是长短句交错，组合形成了回环起伏的节奏感。

《儿女》一文更能体现口语长短句的灵活与生动，如：

> 于是哭的哭，坐的坐，局面才算定了。接着可又你要大碗，他要小碗，你说红筷子好，他说黑筷子好；这个要干饭，那个要稀饭，要

---

① 姜燕．汉语口语美学研究［D］．济南：山东师范大学，2011．

茶要汤，要鱼要肉，要豆腐，要萝卜；你说他菜多，他说你菜好。

这段话将口语的长短句相交织，将生活的原生态语言再现到文本之中，独具一番风味，展现了朱自清作为口语体作家的独特写作魅力。

再来对比郁达夫《江南的冬景》中的一段话：

在这一幅冬日农村的图上，再洒上一层细得同粉也似的白雨，加上一层淡得几不成墨的背景，你说还够不够悠闲？若再要点景致进去，则门前可以泊一只乌篷小船，茅屋里可以添几个喧哗的酒客，天垂暮了，还可以加一味红黄，在茅屋窗中画上一圈暗示着灯光的月晕。

作为较典型的、用书面语写作的作家，郁达夫用语典雅持重，且每个句子的安排都较长。将《江南的冬景》中的选段与上述朱自清的选段相对比，我们很容易领会朱自清的散文在句式错落中带来的灵动活泼之感，同时也更具有生活趣味，具备音韵美。

二、文言词汇的声音诗学

朱自清出身于一个旧式知识分子家庭，自幼受父辈的熏陶，幼年在中过秀才或举人的老师的私塾中读书，学习经籍、古典诗词等。这样的教育启蒙经历，养成了他深厚的古典文学修养，对他的文学写作有着深刻影响。在朱自清的散文创作中，古典文学的修养也会不自觉地渗透到文本之中，这不仅表现为古典意境、古典情趣，还表现在作品中渗透着的古典文学的音韵美。

（一）双声叠韵

双声叠韵是汉语语音独有的一种语音修辞方式。清代学者李重华在《贞一斋诗说》中写道："叠韵如两玉相扣，取其铿锵；双声如贯珠相联，取其婉转。"① 王国维也曾在《人间词话》中写道："余谓苟于词之荡漾处

① 引自徐有富．诗歌十二讲［M］．长沙：岳麓书社，2011：148.

多用叠韵，促节处用双声，则其铿锵可诵，必有过于前人者。"① 双声叠韵不仅能将汉语的语音美发挥到极致，还能增强语言的情感色彩。

朱自清散文中双声叠韵的使用也不在少数。如《桨声灯影里的秦淮河》中，有描写秦淮河歌声的这一句：

而竞发的喧嚣，抑扬的不齐，远近的杂沓，和乐器的嘈嘈切切，合成另一意味的谐音，也使我们无所适从，如随着大风而走。

这里的"喧嚣""抑扬"是双声词，"杂沓"是叠韵词，将歌声、胡琴声交杂的听感通过这些双声、叠韵词巧妙地传达出，在自然流畅的同时，也能带来生动有力的乐感，与秦淮河上的音乐声相得益彰。

《背影》一文中，也有双声叠韵的运用：

父亲因为事忙……叫旅馆里一个熟识的茶房陪我同去。他再三嘱咐茶房，甚是仔细。但他终于不放心，怕茶房不妥贴；颇踌躇了一会。

该句中的"熟识""妥贴""踌躇"都是双声词，"嘱咐""仔细"都是叠韵词，这些双声、叠韵词的使用，使句子音调和谐，流畅生动。同时，也将父亲的细致，对我的关心担忧，通过这些具备韵律感的词语，更加深刻地传达出来。

（二）平仄相谐

老舍在《出口成章》中写道："一句话里有很高的思想，或很深的感情，而说的很笨，既无节奏，又无声音之美，它就不能算作精美的戏剧语言。观众要求我们的话既有思想感情，又铿锵悦耳，既有深刻的含意，又有音乐性，既受到启发，又得到艺术的享受。"② 老舍提倡在写作中，适当

---

① 王国维. 人间词话［M］. 太原：北岳文艺出版社，2004：199.

② 老舍. 出口成章［M］. 北京：作家出版社，1964：55.

加入古文的平仄的用法，使文章更富有韵味。由于平声的音调一般较长，入声则较为短促，因而，平声与入声交替使用，会形成声调的高低搭配，富有节奏感。朱自清的散文也具有平仄相间的语言特点，《背影》中父亲帮“我”买橘子的描写不仅感人至深，读起来也具有抑扬顿挫的韵律感：

> 我看见他戴着黑布小帽（去声），穿着黑布大马褂（去声），深青布棉袍（阳平），蹒跚地走到铁道边（阴平），慢慢探身下去（去声），尚不大难（阳平）。可是他穿过铁道（去声），要爬上那边月台（阳平），就不容易了（轻）。他用两手攀着上面（去声），两脚再向上缩（阴平）；他肥胖的身子向左微倾（阴平），显出努力的样子（轻声）。

该语段各句的末字将普通话的四声间隔着用，且句式短促灵活，用说话的调子描述父亲买橘子的场景，将父亲举手投足的动作与声调的高下相配合，别有一番自然的韵律，在轻重配合间，更能品味出父亲笨拙的姿态动作背后的深情。

《绿》中描写梅雨潭的语段，也是平仄相间、抑扬顿挫的：

> 揪着草（上声），攀着乱石（阳平），小心探身下去（去声），又鞠躬过了一个石穹门（阳平），便到了汪汪一碧的潭边了（轻声）。瀑布在襟袖之间（阴平）；但我的心中已没有瀑布了（轻声）。我的心随潭水的绿而摇荡（去声）。那醉人的绿呀（轻声）！

该段的各句句尾是仄平仄平轻平轻仄轻，在音调上有三处起伏，自然灵动。声调的起伏表现出“我”在探究梅雨潭时的小心翼翼，梅雨潭给人带来的心灵震撼也能够通过音调传达出来，从仄声起，到平声，最后落到轻声之上，将潭水的绿用文字晕染开来，读来更加温柔，有韵味。在平仄相间中，韵律与情感往往相融相通，相辅相成。

（三）句尾押韵

文言讲求的押韵，在朱自清的白话散文中也有体现。如《〈忆〉跋》的这个语段：

夏夜是……，带着栀子花儿的香；秋夜是……，有青色的油盏火的微茫；春夜……，有各色灯的辉煌，小烛的摇荡；冬夜……，便是年的衣裳。

在这一语段中，句尾的字全用 ang 韵，读来开阔且响亮，展现了童年之梦的迷人与绚烂，带有力量感与节奏感，在回环往复中荡漾着对童年的淡淡追忆。

（四）音节的韵律美

音节也是影响散文声音节奏的一个重要因素。朱自清曾说："调节除字音外，更当注重音'节'与句式；音节的长短，句式的长短，曲直，都是可以决定韵律的。"① 朱自清的散文以双音节词为主。冯胜利认为，汉语最小的韵律单位是音步，而一个音步至少要由两个音节构成，因而二字节或四字节在韵律上更能构成和谐平稳的声音效果。朱自清散文多用偶字音节，形成齐整的韵律感：

枝上歇着一对黑色的八哥，背着月光，向着帘里。（《月朦胧，鸟朦胧，帘卷海棠红》）

在逃去如飞的日子里，在千门万户的世界里的我能做些什么呢？只有徘徊罢了，只有匆匆罢了。（《匆匆》）

第一个语例的句子，基本由双音节词组成，九对双音节词形成齐整的韵律感，给文章带来了古色古香的韵味。第二个例子主要由双音节词与四

① 朱自清．文艺之力［M］//朱自清全集（第4卷）．南京：江苏教育出版社，1988：104.

音节词构成，在整齐中又有变化，在变化中构成回环往复的音乐美，与作者表达出的因时光匆匆而感受到的彷徨踟蹰之情互为表里。

另外，音节的长短变化也能带来韵律的参差变化，正如郭绍虞所说，“单复相合，短长相配，于是整齐中含铿锵，参差中合自然，而文章掷地真可作金石声了”①。音节的长短变化带来参差错落的听感，成为文章韵律感的重要来源：

> 第三回在湖中的一座桥上，淡月微云之下，倚着十来个，也是姑娘，朦朦胧胧的与月一齐白着。在抖荡的歌喉里，我又遇着月姊儿的化身了！(《女人》)

> 走到山边，便听见花花花花的声音；抬起头，镶在两条湿湿的黑边儿里的，一带白而发亮的水便呈现于眼前了。(《绿》)

在《女人》这一节选段中，有单音节词、双音节词、三音节词以及四音节词，这些不同音节的词语错落出现，加深句子的灵动之感，让人感受到行走于月下的心潮澎湃。在《绿》这一节选段中也将不同音节词语交错使用，让人在参差错落的音节变化中，感受梅雨潭带来的心灵冲击。

交替使用不同音节长短的词语，也是朱自清散文具有韵律美的一个重要因素。以双音节为主，交错使用单音节、多音节词语的方式，使他的散文不用刻意押韵而具有自然的韵律，在不同的音节词的参差交错中，又带有灵动活泼的声音效果，能与文字背后的思绪情感达成一致，互为表里。

第三节　句子的结构与声情合一的“感兴”思维

受诗歌写作经验以及“刹那主义”哲学观的影响，朱自清散文写作的

---

① 郭绍虞.《中国语词之弹性作用》绪论［C］//照隅室语言文字论集. 上海：上海古籍出版社，1985：74.

艺术思维是“感兴”式的，而声音是他审美感知的一个触手。诗人式的艺术思维影响了朱自清的散文写作，使他在写景抒情、回忆往事的美文中，常常会捕捉一些外界的声音，或者出现一些“幻听”，这些实听、虚听的声音，往往引发他的情思与感触，或者正是他感触的一部分，展现了朱自清审美思维的独特性。

一、句子的组织与感兴式艺术思维的形成

散文与其他文学体裁的创作一样，都是一种特殊的精神活动。在这个过程中，作家首先需要深入体悟生活，再经过复杂的艺术构思，最后用语言文字进行呈现。在这个过程中，艺术构思属于中间环节，它虽然看不见摸不着，却最能反映一个作家独特的创作个性。在回答《文艺知识》的编者关于散文写作的问题时，朱自清将写作中的“灵感”称为“感兴”，他认为“感兴只是心头一动。这心头一动是由经验的综合来的，有时不自觉，有时自觉”①。感兴是“触物而生情”②，它往往是即时性的，当下的所见、所闻、所感刚好激起了作家内心的感触，于是作家便“心头一动”，遂文思泉涌，触笔成文。朱自清用“感兴”代替“灵感”，展现了他独特的艺术思维模式，即“感兴”式的触物而生情的思维方式。

朱自清散文艺术思维的形成，与他的“刹那主义”哲学观有密切联系。“刹那主义”是朱自清的人生哲学，也影响了他的写作。在 1923 年前后，他开始多次阐述“刹那主义”，这与他颇不得志的生活现状相关。1920 年前后，朱自清从北京大学哲学系毕业，开启了在浙江、江苏各地的任教生涯。而这时，新文化运动已退潮，社会动荡不安，朱自清深受新思想的冲击，思考着“哪里走”的问题，且个人生活也颠沛穷困，深受家庭所困。1920 年，他写下《不足之感》一诗，流露出苦闷彷徨的情绪。在这样的心境之下，朱自清在给俞平伯的书信中第一次提到了“刹那主义”，他认为“每一

---

① 朱自清．关于散文写作答《文艺知识》编者问［M］//朱自清全集（第 4 卷）．南京：江苏教育出版社，1988：483.

② 张晶．审美感兴的价值论观照［J］．复旦学报（社会科学版），2022（6）：92－103.

刹那有每一刹那的意义和价值！每一刹那在持续的时间里，有它相当之位置……我们只需‘鸟瞰’地认明每一刹那自己的地位，极力求这一刹那里充分的发展，便是有趣味的事，便是安定的生活”，他将“刹那主义”称为“日常生活的中和主义”。①“刹那主义”的人生哲学，也必将影响到朱自清的艺术创作，如吴周文等所言，“朱自清的‘刹那主义’也是他的艺术哲学”②。朱自清重视每一刹那的感触，能抓住每一个瞬间的心头一动，抓住每一个刹那的直觉与感兴，以一种积极的艺术思维，投入文学创作。

朱自清曾说，他写散文“意在表现自己”③，其实具体来说，散文表现的正是写作者自身的“感觉”。他以文学家的敏感多愁观照世界的万物万事，诗人的审美思维带他穿越现实世界，进入想象、联想、无意识的艺术世界。

朱自清散文艺术思维的形成，最直接的影响来自他写诗的艺术经验。在文学创作之路上，朱自清首先以诗人的身份与文学结缘。他不仅写了许多白话诗，而且还有不少旧体诗的创作。此外，他还撰写了诸多关于诗歌的诗论诗话，也做了一些译诗的工作。虽然朱自清自1926年之后作诗逐渐减少，但诗歌对他的影响却是十分深远的，尤其是诗的艺术思维深深地影响了他的散文写作。在《诗的感觉》一文中，朱自清主张诗人要去发掘日常生活中未发现的诗，而第一步则要“靠敏锐的感觉，诗人的触角得穿透熟悉的表面向未经人到的底里去。那儿有的是新鲜的东西”④。诗人的艺术感受十分敏锐，在朱自清的诗歌创作中，他也经常从声音入手，进入自己的艺术世界。如1919年所作的《歌声》一诗：

好嘹亮的歌声！
黑暗的空地里，

---

① 朱自清．致俞平伯［M］//朱自清全集（第11卷）．南京：江苏教育出版社，1988：125.
② 吴周文，等．朱自清散文艺术论［M］．南京：江苏教育出版社，1994：68.
③ 朱自清．《背影》序［M］//朱自清全集（第1卷）．南京：江苏教育出版社，1988：34.
④ 朱自清．诗与感觉［M］//朱自清全集（第2卷）．南京：江苏教育出版社，1988：326.

仿佛充满了光明。
我波澜汹涌的心，
像古井般平静；
可是一些没冷，还深深地含着缕缕微温。
什么世界？
什么我和人？
我全忘记了，——一些不省！
只觉轻飘飘的，好像浮着，
随着那歌声的转折，
一层层往里追寻。

从听到嘹亮的歌声开始，诗人就进入了如痴如醉的艺术世界，忘却了所有的人与事，心只随着歌声起伏飘荡。整首诗除了第一句之外，并没有直接描摹歌声，却通过“我”仿佛进入幻境的艺术感受，凸显了歌声的动人心弦。此时，歌声便是诗人进入艺术境界的媒介。类似的例子还有很多，特别是朱自清的旧体诗，更能直观地体现他感兴的艺术思维。如《山泉》一诗：

是曾相识此泉声，滚玉跳珠意未平。
应喜别来两无恙，在山莫怨一身轻。

叮咚跳跃的泉水声仿佛似曾相识，重来故地，而山泉与诗人依旧没变，这使旅途中的诗人觉得欣喜不已。泉水声的叮咚欢快，是引发诗人情思与感触的一个触手。这样的“感觉型”思维，也深深体现在他的散文创作中。

二、句子的组织与虚实交织的音景

歌声是朱自清写景抒情的散文中最常出现的音景，歌声在他散文中的呈现方式有两种，即实听与虚听。实听是朱自清亲耳听见的，他闻声而生情，此时，实听便是“感”；而虚听是朱自清通过外物的触动，陷入艺术审美境界之后形成的特殊感觉，它显示作者已经进入了审美幻境中，此时，虚听便是“兴”。朱自清散文中实听与虚听相交织的音景，进一步凸显了他散文写作的“感兴”式的艺术思维。

1921年，朱自清在中西音乐歌舞大厅中听到“中西丝竹合唱”的三曲清歌，引发了他各个感官的互动，使他心醉神迷。这歌声究竟如何婉转动听，朱自清并没有在文章中直接说明，反而通过自己的嗅觉、味觉、触觉来描绘听觉带来的感受，由感觉始，到感觉终，这也是朱自清艺术思维的过程。在文章的中间几段，朱自清具体描绘了三曲清歌带给他的感受：像感受到细雨带来的润泽，微风带来的舒适；也像闻到缕缕花香，闻到青草与泥土的芬芳以及田野里充满生机且清新的味道。他说：“那都是歌中所有的：我用耳，也用眼，鼻，舌，身，听着；也用心唱着。我终于被一种健康的麻痹袭取了，于是为歌所有。此后只由歌独自唱着，听着；世界上便只有歌声了。”① 他所说的“健康的麻痹”，正是歌声带给他的那一瞬间的审美快感，这种审美快感又是复杂的，包括了由润泽的触觉带来“轻松的感觉”，由田野的芬芳带来“愉快的倦怠之感”，各种感觉的综合最后实现了一瞬间的麻痹，于是朱自清便觉得“世界上便只有歌声了”。由听觉引起的触觉、嗅觉、味觉的互动，是朱自清审美活动的过程，也是他感兴思维的典型体现。

《桨声灯影里的秦淮河》中也有歌声。月夜中秦淮河的歌声激起了朱自清更为复杂的情思，文中共有两处集中写到歌声：

> 沿路听见断续的歌声：有从沿河的妓楼飘来的，有从河上船里度来的。我们明知那些歌声，只是些因袭的言词，从生涩的歌喉里机械的发出来的；但它们经了夏夜的微风的吹漾和水波的摇拂，袅娜着到我们耳边的时候，已经不单是她们的歌声，而混着微风和河水的密语

① 朱自清.《国文教育》序［M］//朱自清全集（第1卷）. 南京：江苏教育出版社，1988：6.

了。于是我们不得不被牵惹着，震撼着，相与浮沉于这歌声里了。

那时处处都是歌声和凄厉的胡琴声，圆润的喉咙，确乎是很少的。但那生涩的，尖脆的调子能使人有少年的，粗率不拘的感觉，也正可快我们的意。况且多少隔开些儿听着，因为想象与渴慕的做美，总觉更有滋味，而竞发的喧嚣，抑扬的不齐，远近的杂沓，和乐器的嘈嘈切切，合成另一意味的谐音，也使我们无所适从，如随着大风而走。

第一处的歌声是朱自清在沿途听到的，这里的歌声是飘渺的，极具诱惑力；又是立体的，配合着秦淮河的微风与水波，别具一番风味。但由于船只在行进，这歌声只能从耳边飘过，作者终究无法细细地品味，于是，歌声便只能不深不浅地在心底留下一个印象——“牵惹”“震撼”着人心。直到第二处写歌声的时候，船已经停泊了下来，歌声从远处传来，夹杂着胡琴声、水声、人声、桨声，又由于作者内心对这歌声渴望已久，即使是这歌声隔着距离，且夹杂着杂声，对于作者来说，便别具一番风味。前一处对歌声的铺垫，使我们能更好地理解作者此时因为歌声而“不能自主”的心神。歌声使作者进入一种迷醉的艺术幻境，此时，他觉得船里人总是“模模糊糊的，甚至渺渺茫茫的”①，一切皆由这令人陶醉的歌声而起。

多年后，朱自清游历欧洲，在威尼斯的河边偶然听闻了威尼斯的夜曲，“在微微摇摆的红绿灯球底下，颤着酽酽的歌喉，运河上一片朦胧的也似乎透出玫瑰红的样子”②。在这里，朱自清将歌声带来的听觉冲击，转换为视觉上色彩的变换，抒情的夜曲使威尼斯的夜染成了朦胧的玫瑰红，此时，远在异乡的朱自清也想起了当年秦淮河的热闹之景。不管是感觉的迷醉，还是情思的寄托，都是由歌声引发的。

上述的这些“歌声”都是实听的音景，这些歌声触动了他的情思与想象，带他进入迷醉的艺术境界。除此之外，还有虚听的“歌声”，这是朱自

① 朱自清．桨声灯影里的秦淮河［M］//朱自清全集（第1卷）．南京：江苏教育出版社，1988：8－10.

② 朱自清．威尼斯［M］//朱自清全集（第1卷）．南京：江苏教育出版社，1988：294.

清接触他物后，陷入的一种特殊的审美感觉，也是他感兴艺术思维的呈现。

1927年7月，朱自清漫步于清华园的荷塘边，留下了著名的《荷塘月色》。无边的荷香月色，使朱自清心神荡漾。他看到了高高的如同舞女的裙般的叶子，以及点缀在叶子中的各式各样的荷花，也闻到了缕缕的荷香。不同的感官被调动，让人陶醉其中，但朱自清对于月下荷塘的感受不止于此："微风过处，送来缕缕清香，仿佛远处高楼上渺茫的歌声似的。"① 这一句将嗅觉转换为听觉，花香是真实的，而歌声确是一种"幻听"。微风送来的缕缕清香，这花香本是淡淡的、朦胧的，朱自清却十分敏锐地捕捉到，并借此联想到高楼上"渺茫的歌声"，笔触细腻，可见朱自清感觉之敏锐、想象之丰富。

同时，荷塘中的月色也引起了朱自清的感兴："塘中的月色并不均匀；但光与影有着和谐的旋律，如梵婀玲上奏着的名曲。"② 荷塘中触目可及的光影，使朱自清仿佛听见了梵婀玲上的名曲，感官的互换、感觉的互通让人更深刻地领会到荷塘月色的魅力。从眼前所见之景，直达到幻听之境，朱自清超凡脱俗的艺术感知力，使读者随之一起进入陌生的感觉世界，如痴如醉，如梦如幻。

---

① 朱自清．荷塘月色［M］//朱自清全集（第1卷）．南京：江苏教育出版社，1988：71.
② 朱自清．荷塘月色［M］//朱自清全集（第1卷）．南京：江苏教育出版社，1988：71.

第五章
朱自清声音诗学与“国语文学”
——建构“有尊严”的白话文

周作人在《国语改造的意见》一文中曾提出“国语”形成的前提为“文法、文学、教育”这三大标准的达成。① 若将朱自清的写作置于这三个维度进行观照，可以看出他对“国语文学”的贡献是多方面的。朱自清于1946年写过一篇长文题为《说话》，该文刊于北平《新生报》副刊《语言与文学》第九期（1946年12月16日），后编入《标准与尺度》时改题名为《诵读教学与“文学的国语”》。在这篇文章中，朱自清认为白话文虽然发展已近三十年，但仍旧未能真正得到读者的认可，就是还“不能完全上口”。而要让白话文真正得到读者的认可，则需要经过“朗诵”的检验，经由从“上口”（“顺口”）到“顺耳”到“顺眼”这一条路径：通过“上口”对当时的“欧化语体”纠偏，从而达到“顺口”，形成比较合规的现代白话书面语；再通过朗诵的训练，使读者逐渐具有白话文学的语感，即由“顺口”到了“顺耳”；一旦白话文学的文字落到字面，读者渐渐习惯于白话文学的语体特征，终至于阅读起来“顺眼”，这一阶段，已形成了大众能接受的文学语言，建构了“文学的国语”，即现代文学“书面语”逐渐形成。朱自清以为，舍此朗诵的“养成”一途，我们的“文学的国语”是不

① 周作人．国语改造的意见［J］．国语月刊，1922，1（10）：1－5．

能成立的。细味此意，结合其文学主张以及文学经验，朱自清意在以“朗诵”来纠偏白话文的“不上口”，同时也试图以“朗诵”培养读者对白话文的语感，养成读者阅读白话文的习惯，从而达到白话文的“顺耳”，进而“顺眼”，最终促成“国语的文学”的形成。朱自清将胡适的“国语的文学”具象化，提出“可以使文字有独立的地位，自己的尊严。现在的白话诗文已经有了这种地位，这种尊严”①。何为有“尊严”的白话文？即“口语”与“欧化语体”之外的独立语体，这标志着“文学的国语”的成立以及现代汉语书面语的形成。

第一节 “顺口”策略与“欧化语体”的纠偏

随着白话文主将提出“欧化语体”的策略，“欧化语体”的白话文创作成为一时风尚。但是“欧化语体”的盛行，又使白话文学陷入“不中不西”的境遇，其时论者批评“欧化语体”“使人读起来舌头永远打着牙齿，怪不舒服”②，认为“欧化语体”的发展脱离了白话文学发展的初衷，使得白话文学语言成为“新文言”。朱自清写作盛年，正值“欧化语体”兴起之时，作为一位在中学与大学教过国文的文学家，朱自清不但深知写作的甘苦，也了解国文教育的特点，他认为，若不改变“欧化语体”的写作策略，“文学的国语”是不能成立的。胡适建构新文学的主张是建立在破坏旧文学音韵节律体系之上的，试图以“自然的音节”作为新的声音美学规范。但是，在中国现代语法尚未成熟的阶段，朱自清意识到白话文学需要建立新的声音美学规范，他提出以“朗诵”的“上口”与否来衡定是否符合白话文学的发展方向，这与“自然的音节”的主张不谋而合，契合了新文学声音美学的发展趋势。

---

① 朱自清．诗的形式［M］//朱自清全集（第2卷）．南京：江苏教育出版社，1988：400.
② 胡山源．小说综论［M］．上海：中央日报出版委员会，1948：6.

一、“不顺口”“欧化语体”的兴起

朱自清认为“欧化语体”的形成是与“辞汇的欧化”以及“新的思想样式”几乎同期进入中国的，他特别指出“欧化”的语体特征与英语的关涉更大，“这里所谓欧化，似乎专指，至少偏重，中国语采用欧洲语，特别是指英语的文法而言”①。因傅斯年等人的提倡，同时受欧美文学作品“直译”的影响，“直用西洋词法”成为当时的流行文体。“直译体”最大的特点是直用西洋“词枝”②，只用西语“仂句”③，从而极大地扩展了白话文学语言表达的深度与广度。但是这种语体的借鉴，不可避免地造成了当时白话文学语言不但违背了传统书面语表达方式，也不符合当时大众的口语习惯，即“不上口”。翻译的语体选择，在当时存在以下两条路径：其一，为严复所倡导的“信达雅”的翻译理论。19 世纪末年，严复翻译《天演论》，提出“信达雅”的翻译理论，尽管该书以“物竞天择、适者生存”呼吁国人努力自强，但是，在吴汝纶看来却是“严子之雄于文”“骎骎与晚周诸子相上下”④ 的古文家之风。鲁迅也曾从反面评价严复这种古雅的译笔失却了西人最好的精神：“最好懂的自然是《天演论》，桐城气息十足，连字的平仄也都留心，摇头晃脑的读起来，真是音调铿锵，使人不自觉其头晕。”⑤以桐城文笔译西人著作，是当时翻译界最流行的翻译语体，如林纾当年的翻译一时被奉为经典。其二，在新文化运动时期，这样的翻译体自然不合时宜，为了传播新知识、新思想，新的直译体应运而生，同时也极大地影响了新文学的写作。

“五四”一代新文艺人，积极响应胡适的须言之有物、不摹仿古人、须

---

① 朱自清．新语言［M］//朱自清全集（第 8 卷）．南京：江苏教育出版社，1988：294.

② 傅斯年．怎样做白话文［J］．新潮，1919，1（2）：223.

③ 所谓“仂句”，指的是“phrase”，当时的人认为“国文国语就都没有这种习惯”。参见金兆梓．炒冷饭［M］//陈望道文集（第 3 卷）．上海：上海人民出版社，1981：370.

④ 吴汝纶．《天演论》序［M］//吴汝纶文集（上）．上海：上海古籍出版社，2017：171.

⑤ 鲁迅．关于翻译的通信［M］//鲁迅全集（第 4 卷）．北京：人民文学出版社，2005：390.

讲求文法、不作无病之呻吟、务去滥调套语、不用典、不讲对仗、不避俗字俗语①的主张，在新文学初创期，旧的规则已被打破，新的规则尚未建立，没有现成的语言规则可以遵守。因而，胡适所提倡的“白话文学”，面临如何将日常生活中的“说话”体现在文学中这一难题。对于“直用西洋词法”这一构想，时人作过几个维度的实践，他们试图以“白话文言化”“中文西文化”② 的原则来重构文学语言体系。对新文学语体的预想，大致体现在三个方面：以胡适“有什么话，说什么话；话怎么说，就怎么说”③为代表的口语派，形成了“五四”初期的文学基调；以傅斯年“直用西洋词法”④ 为代表的欧化派，有西文学习经历的年轻人开启了文体写作实践；以周作人为代表的复古派，通过发现“晚明”，形成了“五四”新文化运动中的一个复古传统。

而现代直译语体的出现，为“直用西洋词法”的提议提供了借鉴的范本。现代翻译体，不但与林纾的意译不同，与严复所追求的“信达雅”也有一定的距离。“五四”新文学运动兴起，现代翻译也被视为“窃火给人”⑤ 的“胜业”，尽管当时梁实秋反对“字比句次”“一字不可增，一字不可先，一字不可后”的“硬译”，主张“意译”，指责硬译“就如同看地图一般，要伸着手指来寻找句法的线索位置”，甚至声称“误译胜于”如鲁迅硬译般的“死译”⑥。但鲁迅先生坚持直译的必要性，认为“倘将仂句拆下来呢，又失了原来的语气”⑦，意在传播异域文化的同时，也谨遵“将

---

① 胡适．文学改良刍议［J］．新青年，1917，1（5）：26－36.

② 如冰心在《遗书》中曾借小说中人物说出“文体方面我主张‘白话文言化’，‘中文西文化’”这一白话文学的主张。参见冰心．遗书［M］//冰心全集（第一卷）．福州：海峡文艺出版社，1994：435.

③ 胡适．建设的文学革命论［J］．新青年，1918，4（4）：6－23.

④ 傅斯年．怎样做白话文［J］．新潮，1919，1（2）：223.

⑤ 鲁迅在《文艺政策》后记中将当时的坚持翻译外来进步思想的翻译家称为“以为窃火给人，虽遭天帝之虐待不悔”的普罗米修斯。参见鲁迅．《文艺政策》后记［M］//鲁迅全集（第10卷）．北京：人民文学出版社，2005：341.

⑥ 梁实秋．论鲁迅先生的“硬译”［J］．新月，1929，2（6－7）：193－196.

⑦ 鲁迅．“硬译”与“文学的阶级性”［M］//鲁迅全集（第4卷）．北京：人民文学出版社，2005：199.

令”，试图通过“直译”这一方法，以“欧化语体”为白话文提供示范，从语法层面探讨白话文学的文法革新问题，从而为自己的“直译”翻译策略辩护。鲁迅认为：“日本语和欧美很‘不同’，但他们逐渐添加了新句法。比起古文来，更宜于翻译而不失原来的精悍的语气”，“中国的文法，比日本的古文还要不完备”①。自然，从白话文学的发展而言，“仿句”的出现，不但使中国文学从“词本位”过渡到“句本位”，同时也极大地丰富了汉语的表达，为“国语的文学”的成熟准备了重要的条件。

梁实秋对鲁迅的小说与杂感文笔的评价为“何等的简练流利”，但他认为在鲁迅的翻译中，则随处可以拣出“极端难懂的句子”。梁实秋以鲁迅翻译的《艺术论》为“死译”，对于欧化语体的翻译，梁实秋评价说：“中国文和外国文是不同的，有些种句法是中文里没有的，翻译之难即难在这个地方。假如两种文中的文法句法词法完全一样，那么翻译还成为一件工作吗?”②

站在21世纪的今天往回看，现代的读者仍然觉得这样的语言未免过于“难懂”，但是，在鲁迅的译笔下，翻译文本没有呈现译者本人鲜明的语言特点，而是尽量忠实复现欧化原文的语言特点。欧化语在翻译文本中主要在于短句以及复句的出现，以短句作为长句的有效组成部分，虽然迥异于文言的简洁，但这种翻译手法的采用，使白话文句子拉长，也使白话文学的语言能够表达更为复杂的意义。所以，尽管在其时，鲁迅在思想上已经与胡适、傅斯年等走上了不同的道路，但是，鲁迅在传播欧美文化的时候，仍旧忠实地实践胡适、傅斯年等人提倡的“欧化”，力图用这种译文风格让当时的文艺青年习惯欧化语体的表达方式，这何尝不是另一种方式的启蒙。

复古派以周作人为代表的创作实绩，奠定了文言如何融入现代文学的语言规范，尽管可能还有“缠脚时代的血腥气”，甚至因“一般的学时髦的

① 鲁迅．“硬译”与“文学的阶级性”［M］//鲁迅全集（第4卷）．北京：人民文学出版社，2005：203.

② 梁实秋．论鲁迅先生的“硬译”［J］．新月，1929，2（6－7）：193－196.

青年”“故意夹缠些古文的字句”① 来装点文章而引起非议，但无论其时还是后代论者，对复古派的创作显然更为宽容，而对更多借鉴口语、欧化语的“新文艺”针砭更为严苛。因为，对于学古的“新文言”与学欧的“欧化语体”，诵读的体验是不一样的，朱自清早就认识到这一点，“夹杂着一些文言和更多的欧化语式。文言本可上口，不成大问题；成问题的是欧化语式，一般人总觉得不能上口；加以非难。他们要的是顺：看起来顺眼，听起来顺耳，读起来顺口。这里是顺口第一；顺口自然顺耳，而到了顺耳，自然也就顺眼”②。

在具体的创作实践中，“欧化语体”的创作更偏向对口语的融会与西文的借鉴，因而其时对“新文艺”的批评，也主要集中在对“引车卖浆之流的语气，和村妇骂街的口吻”③ 的俗化，与“忽略了中国语言文字的特性”而形成“过度欧化的句子”④ 这两方面。即便是在一个世纪后，也有学者指责这样的语言是“一种做作、不自然的文风，以及与现实及现实语言都有一定距离的、书面化的语言方式”⑤。

在20世纪40年代，沪上文艺界曾集中展开过对“新文艺腔”这一类“欧化语体”的讨论，其中以李默（李白英）对巴金的“新文艺腔”倾向批评尤为苛刻，直斥《激流三部曲》“走上了新文艺的一条岔路”，为“新文艺滥调”⑥。即使是较为平和的批评者，在认同“新文艺腔”在“思想意识方面高出旧文学一筹”的同时，也认为佶屈聱牙的欧化体裁和倒装句，使之成为“使人看不懂的天书”⑦。总而言之，对“欧化语体”的诟病，主要集中在两方面，其一是“听”之不协于耳，“在我们用眼睛‘看’的时

---

① 胡适．《尝试集》四版自序［M］//胡适全集（第10集）．合肥：安徽教育出版社，2003：44.

② 朱自清．诵读教学与“文学的国语”［M］//朱自清全集（第3卷）．南京：江苏教育出版社，1988：182.

③ 梁实秋．论散文［J］．新月，1928，1（8）：7－11.

④ 郭绍虞．新文艺运动应走的新途径（续）［J］．文艺新潮，1939，1（11）：362－369.

⑤ 温儒敏，赵祖谟．中国现当代文学专题研究［M］．北京：北京大学出版社，2006：192.

⑥ 李默．论“新文艺”笔法［J］．杂志，1943，10（5）：11－15.

⑦ 陈蝶衣．通俗文学运动［J］．万象，1942，2（4）：128－139.

候，这种滥调倒底少见了。不过，如果你要‘听’一‘听’的话，‘新文艺腔’的恐怖却仍旧倒处皆是”①。其二是“读”之不吻于唇，“使人读起来舌头永远打着牙齿，怪不舒服”②。综上所述，“新文艺腔”主要特征乃体现在“腔”上，即其韵律的总体不协上。语言学家认为：“语法是‘大语法’，是‘语法包含韵律’。”③ 评论者对“新文艺腔”韵律的批评，是对其语言特征的关注，而“西洋词法”进入白话文学中，体现了现代汉语书面语逐渐形成，亦是“文学的国语”形成中重要的一环。正因为有这样的认知，朱自清在感知到“欧化语体”的“现代性”④ 的同时，也认识到，“欧化语体”距离“文学的国语”还是有一定的距离。朱自清期盼的是“欧化语体”的“现代性”成立，“白话现代化的结果相信能够成立我们的国语”⑤。而当时的白话文学的“欧化”倾向，显然并不能完全承担“国语”的重任。从新文化运动的思想革命方面而言，白话文学的“欧化语体”舍弃了传统的“词本位”，以翻译体丰富了白话文的意义体系，扩充了容量，逐渐形成以句子为中心的文学语言体系，从而更容易传播新思想、新知识，这一点显然达成了思想革命的初衷。但是，“欧化语体”在扩充语体容量的同时，也使得白话文体出现了水土不服的现象，如读不上口，也听不顺耳，从“听”感与“读”感上，违背了习见的古文以及口语句法及声音规则，基于这一认知，朱自清试图以朗诵的“顺口”来纠偏“欧化语体”，显然更具深意。

二、朗诵的“顺口”与“欧化语体”的纠偏

作为现代散文大家，朱自清完整地经历了白话文学从发起到成熟的过

---

① 章文．又是新文艺腔［J］．小天地，1945（4）：4－5．

② 胡山源．小说综论［M］．上海：中央日报出版委员会，1948：6．

③ 沈家煊．从语言看中西方的范畴观［M］．北京：商务印书馆，2021：195．

④ 朱自清在评价“欧化语体”时这样判断：“反对语言现代化，特别是文法的现代化的人，大约都着重在一般人难懂这一点上。”参见朱自清．新语言［M］//朱自清全集（第8卷）．南京：江苏教育出版社，1988：297．

⑤ 朱自清．新语言［M］//朱自清全集（第8卷）．南京：江苏教育出版社，1988：301．

程，作为“后五四”的一员，他在早期的写作中，也写过“欧化语体”样的作品，故而深知利弊之所在，所以在创作的成熟期，他试图用自己的创作以及影响力去纠正“欧化语体”的某些弊端。同时代的朱光潜也批评过当时白话语体文的毛病，他的批评也主要集中在“文白杂糅”与“欧化”太过：“语体文的声音节奏有毛病，大致不外两个原因，第一个原因是文白杂糅”“其次，没有锤炼得好的欧化文在音调节奏上也往往很糟”①。

朱自清进入文坛，“欧化语体”经过大量实践已成流行，沪上关于“新文艺腔”的争论，他应该有所了解。尽管当时有一种声音将语言的“欧化”与“新文学人才”养成联系起来②，但朱自清认为，文学语言无论是学古还是学欧，都要符合现代中国人的语言习惯，而其重要的标准就是能够作为朗诵作品让听者听懂，应以朗诵的是否“顺口”判断白话文学是否走上正途。早在沪上讨论时，李默就指出“欧化语体”朗读起来佶屈聱牙，“你如果把巴金的长篇小说朗诵朗诵听听看，便可知叙事部分和口语相差得很远”“顶好的作品，都能读的，读出来都可以听得懂的”。③ 无独有偶，即便是到20世纪90年代，仍有论者坚持以“朗诵”是否顺口作为“欧化语体”是否具有文学价值的判定标准，如以下为20世纪末一位批评家对巴金小说的评述：“我曾经将巴金《家》中的一段话朗读给我的学生听，结果学生们大笑不止，世界上还有这样不堪入耳的文字？竟然还是经典作品。在我看来中国现代文学史上的南方作家在汉语语感上大多有这样或者那样的问题。要么是欧化味道太重，读起来像是翻译作品，要么是方言味太浓”④。以“朗诵”的“上口”与声音的“入耳”为白话文文学标准之一的朱自清自然对以上的观点深感认同。朱自清不但认为白话新诗采用欧化的西洋格律，

---

① 朱光潜．散文的声音节奏［M］//谈文学．西安：陕西师范大学出版社，2019：67.

② 朱自清说：“王了一先生说，‘如果说新文学的人才可以养成的话，适宜于养成这个人才的应该是外国语文系而不是中国文学系’。”参见朱自清．关于大学中国文学系的两个意见［M］//朱自清全集（第2卷）．南京：江苏教育出版社，1988：117.

③ 李默．论“新文艺”笔法［J］．杂志，1943，10（5）：11－15.

④ 葛红兵．为20世纪中国文学写一份悼词［M］//《中国文学年鉴》编辑委员会．1999～2000年中国文学年鉴．北京：作家出版社，2002：293.

有不协之弊，“白话诗虽也有多少的进展，如采用西洋诗的格律，但是太需缓了”①，对于散体文，他也有意从“顺口”角度去尝试。他曾这样评价过《子夜》略带欧化的语言，“而屠维岳，似乎并没有受过新教育的人，向吴荪甫说的话那样欧化，也是不确当的”②。直到 1946 年，朱自清仍忧心于“白话文像这样不能完全上口，我们的‘文学的国语’是不能成立的”③，主张“顺口”为第一，既然“顺口”了，那么就自然“顺耳”了，达到了“顺口”与“顺耳”，读者慢慢会适应新文学作品语言表达方式。

朱自清在创作的时候有意识地实践自己的主张，“就是《给亡妇》，一方面也是一个有意的尝试。那时我不赞成所谓欧化的语调，想试着避免那种语调。我想尽量用口语。向着言文一致的方向走。《给亡妇》用了对称的口气，一半便是为此。……我也渐渐觉得口语不够用。我们的生活在欧化（我愿意称为现代化），我们的语言文字适应着，也在现代化，其实是自然的趋势”④。朱自清的散文名篇，均特别注意是否“上口”，在“上口”的基础上达到“顺耳”，而这种“上口”，即为日常口语进入文学中，而“顺耳”，即为在符合语言习惯的基础上，形成散文的声音悦“耳”之效。朱自清早期的散文追求朗诵的“上口”，同时也追求“顺耳”的美学效果。

语言学家冯胜利认为，从汉语阅读的规律而言，“单音不成步”⑤。欧化语体作为现代白话文的过渡语体，主要是在借鉴翻译语体的基础上形成的，经过了从古文的以单音词为主体到欧化语体的以双音词为主体、从单句到复句的转变。鉴于这一转变，冯胜利从文字顺口的角度指出“小不减二，

---

① 朱自清．《背影》序［M］//朱自清全集（第 1 卷）．南京：江苏教育出版社，1988：29.

② 朱自清．子夜［M］//朱自清全集（第 1 卷）．南京：江苏教育出版社，1988：278.

③ 朱自清．诵读教学与“文学的国语”［M］//朱自清全集（第 3 卷）．南京：江苏教育出版社，1988：183.

④ 朱自清．写作杂谈［M］//朱自清全集（第 2 卷）．南京：江苏教育出版社，1988：106－107.

⑤ 冯胜利，等．汉语教师专业技能指导手册［M］．北京：北京语言文化大学出版社，2018：166.

大不过三”① 的音步切分原则，即符合二音步以及三音步的句子，则在朗读的时候能取得“顺口”之效，反之则不能。赵景深在《文坛忆旧》中记录了一段轶闻：“前两天白薇从苏州回来了。她说起她的妹妹要坐飞机回湖南。她的父亲七十寿辰，她买了几两高丽参，又买了一个红的立轴，预备托她的妹妹带去。她请圣陶题词，圣陶想出‘驰心申庆’四个字，我说：你这个驰词字用得好，因为这立轴是用飞机带去的。我也想到这一层意思，只是用的是白话：‘我的心飞越到爸爸的身边。这血红的纸上洒着的是你女儿血红的心！’圣陶说：‘这是新文艺腔了！’我们俩都笑了起来。我想说：‘这是仿圣陶的童话体。’于是，圣陶挥笔写了下面的字：‘驰心申庆，父亲大人七秩大寿，女素如遥拜。’这‘遥’字也用得好。”②

笔者在此根据语法（即主谓宾、定状补等）与节律来切分赵景深与叶圣陶的这两句祝寿词（“//”代表句法切分，“/”代表音节切分，下同）。

（1）（ⅰ）我的心//飞越到//爸爸的身边。这血红的纸上//洒着的是//你女儿血红的心！

（ⅱ）我的心/飞越到/爸爸的/身边。这/血红的/纸上/洒着的/是你/女儿/血红的/心！

（2）（ⅰ）驰心//申庆，父亲大人//七秩//大寿，女//素如//遥拜。

（ⅱ）驰心/申庆，父亲/大人/七秩/大寿，女/素如/遥拜。

以语法来切分可见赵景深的寿词多定中与状中结构的短语（即鲁迅所说的“仂句”），叶圣陶的寿词语法结构则较为简单；而从音步切分而言，赵景深的文字基本与语法切分一致，少数如“是你女儿”根据“小不减二，大不过三”的音步原则，切分“是你/女儿”，从而形成“不受语法与语义

① 冯胜利，等．汉语教师专业技能指导手册［M］．北京：北京语言文化大学出版社，2018：166.

② 赵景深．文坛忆旧［M］．太原：三晋出版社，2015：120－121.

影响的自然音步”。[1] 叶圣陶的祝寿词从语法切分多为单音，从音步切分，则与语法多不一致，多合并单音成双音节音步。

那么，“同一层意思”的语句，为何赵景深的文字会给人“新文艺腔”的印象，而叶圣陶的文字则有“用得好”的观感呢？如赵景深在文中称赞驰字用得好，遥字也用得好。其一，传统文人趣味，习惯于文章的简洁刚劲，且非常注重于炼词，对于句子的组织倒是在“炼词”之后，所以造成传统文学重文辞而轻思想的表达。如傅雷借“一位先生”之语，指出“新文艺腔”不符于接受传统教育的文化人的阅读趣味，“一位先生引了萧军小说中一段描写，然后批道：全篇废话！其实用八个字就可以说完（大概是‘日落西山’‘大雪纷飞’之类非常笼统的话，详细已忘）。这是历史的倒退，在他们看来，新文艺真不如‘水浒’‘三国志’了”[2]。其二，现代汉语中“‘双求双’不是单纯的韵律问题，因为口语里没有这种规则”[3]。“新文艺腔”出现的超音节，多在双音节标准音步基础上以虚词作为衬头与赘尾形成超音节，如“的”“地”“得”“了”“吗”，即传统文人所蔑称的“引车卖浆之流的语气和村妇骂街的口吻”，这在某种程度上也弱化了文字的正式性，不但与文言读者的阅读习惯有差距，也让习惯阅读现代汉语书面语的读者深感膈应。

朱自清的散文创作处于现代文学语言转变的过渡时段，对“欧化语体”的纠偏作出了有益的尝试，《匆匆》一文是朱自清早期的一篇散文，试以其中一段与冰心的《超人》与巴金的《家》中的语句一并进行分析。

《匆匆》在朱自清的散文中算是短章，作于1922年。

在逃去如飞的日子里，在千门万户的世界里的我能做些什么呢？只有徘徊罢了，只有匆匆罢了；在八千多日的匆匆里，除徘徊外，又

---

① 冯胜利．汉语韵律语法研究［M］//王茂林．汉语自然话语韵律模式研究．广州：暨南大学出版社，2011：40.

② 傅雷．谈艺录（增订本）［M］．北京：人民文学出版社，2023：39.

③ 冯胜利，王丽娟．汉语韵律语法教程［M］．北京：北京大学出版社，2018：129.

剩些什么呢？过去的日子如轻烟，被微风吹散了，如薄雾，被初阳蒸融了；我留着些什么痕迹呢？我何曾留着象游丝样的痕迹呢？我赤裸裸来到这世界，转眼间也将赤裸裸的回去罢？但不能平的，为什么偏要白白走这一遭啊？

冰心的《超人》这一小说，发表于1921年，作为“冰心体”的代表，体现了冰心“白话文言化，中文西文化”① 的创作理念，也是早期“欧化语体”的典型文体，如在以下的语言中有体现：

我也不知道怎样可以报先生的恩德。我在先生门口看了几次，桌子上都没有摆着花儿。——这里有的是卖花的，不知道先生看见过没有？——这篮子里的花，我也不知道是什么名字，是我自己种的，倒是香得很，我最爱它。我想先生也必是爱它。我早就要送给先生了，但是总没有机会。昨天听见先生要走了，所以赶紧送来。我想先生一定是不要的。然而我有一个母亲，她因为爱我的缘故，也很感激先生。先生有母亲么？她一定是爱先生的。这样我的母亲和先生的母亲是好朋友了。所以先生必要收母亲的朋友的儿子的东西。②

巴金的《家》发表于1931年，更是作为“欧化语体”的代表，在20世纪40年代的上海大受批评，以下是选在《家》中的一段：

街灯已经燃起来了，方形的玻璃罩子里，清油灯的光在寒风中显得更孤寂，灯柱的影子淡淡地躺在雪地上。街中寥寥的几个行人匆忙地走着，留了一些脚印在雪上，就默默地消失了。深深的脚迹疲倦地睡在那里，也不想动一动，直到新的脚来压在它们的身上，它们才发

① 冰心．遗书［M］//冰心全集（第1卷）．福州：海峡文艺出版社，1994：735.
② 冰心．超人［M］//冰心全集（第1卷）．福州：海峡文艺出版社，1994：189.

出一阵低微的叹声，被压碎成了奇怪的形状，于是在这一白无际的长街上，不再有清清楚楚的脚印了，在那里只有大的和小的黑洞。①

以上三段文字，分别依韵律及句法切分进行分析，根据以仂句为基础进行句法切分（“//”标记），以及以音步为基础进行韵律切分（“/”标记），并以下划线标记以音步为基础切分的韵律与句法切分不一致的句子：

（ⅰ）在逃去如飞的//日子里，在千门万户的//世界里的我//能做些//什么呢？只有//徘徊罢了，只有//匆匆罢了；在八千多日的//匆匆里，除//徘徊外，又剩些//什么呢？过去的日子//如轻烟，被微风//吹散了，如薄雾，被初阳//蒸融了；我//留着//些什么痕迹呢？我//何曾留着//象游丝样的痕迹呢？我//赤裸裸//来到//这世界，转眼间//也将//赤裸裸的//回去罢？但//不能//平的，为什么//偏要//白白走//这一遭啊？

（ⅱ）在逃去/如飞的/日子里，在千门/万户的/世界里/的我/能做些/什么呢？只有/徘徊/罢了，只有/匆匆/罢了；在八千/多日的/匆匆里，除徘/徊外，又剩些/什么呢？过去的/日子/如轻烟，被微风/吹散了，如薄雾，被初阳/蒸融了；我留着/些什么/痕迹呢？我何曾/留着/象游丝/样的/痕迹呢？我赤/裸裸/来到/这世界，转眼间/也将/赤裸裸的/回去罢？但不能/平的，为什么/偏要/白白/走这/一遭啊？

《匆匆》一文中的选段，“除徘徊外”与“我赤裸裸来到这世界”这两句的音步切分与句法切分略有抵牾，其他两种切分大抵合拍。接下来的是关于冰心《超人》的语段分析：

（ⅰ）我//也不知道怎样//可以报//先生的恩德。我//在先生门口

---

① 巴金．家［M］．北京：人民文学出版社，1981：4.

看了//几次，桌子上//都没有//摆着花儿。——这里//有的是//卖花的，不知道//先生//看见过//没有？——这篮子里的//花，我//也不知道//是什么名字，是我//自己种的，倒是//香得很，我最//爱它。我//想//先生也必是爱它。我//早就要//送给//先生了，但是//总没有机会。昨天//听见//先生要走了，所以//赶紧送来。我//想//先生//一定是//不要的。然而//我//有//一个母亲，她//因为//爱我的缘故，也很//感激//先生。先生//有//母亲么？她//一定是//爱先生的。这样//我的母亲//和//先生的母亲//是//好朋友了。所以//先生//必要收//母亲的朋友的儿子的东西。

（ⅱ）我也/不知道/怎样/可以报/先生的/恩德。我在/先生/门口/看了/几次，桌子上/都没有/摆着/花儿。——这里/有的是/卖花的，不知道/先生/看见过/没有？——这篮子/里的/花，我也/不知道/是什么/名字，是我/自己/种的，倒是/香得很，我最/爱它。我想/先生/也必是/爱它。我早/就要/送给/先生了，但是/总没有/机会。昨天/听见/先生/要走了，所以/赶紧/送来。我想/先生/一定是/不要的。然而/我有/一个母亲，她因为/爱我的/缘故，也很/感激/先生。先生有/母亲么？她一定/是爱/先生的。这样/我的/母亲和先生/的母亲/是好/朋友了。所以/先生/必要收/母亲的/朋友的/儿子的/东西。

《超人》中的语句，短句在音步与句法切分不吻合的有“我早就要送给先生了”与“她一定是爱先生的”这两句，而特别受读者非议的是这样的长句，“这样/我的/母亲和先生/的母亲/是好/朋友了”“所以/先生/必要收/母亲的/朋友的/儿子的/东西”。虽然从音步的切分而言，大体上符合句法的切分，但是现代汉语形成的以双音为主体的书面语言习惯，特别是谓语“双音节”对应宾语也应为“双音节”，以上长句显然违背了现代汉语词汇组合的“双求双”规则，从而显得特别“拗口”。而20世纪30年代，巴金创作《家》这一经典名篇，在青年人中重掀“个性解放”的风潮，同时也将“欧化语体”的讨论推上高潮。

（ⅰ）街灯//已经//燃//起来了，方形的//玻璃罩子里，清油灯的光//在寒风中//显得//更孤寂，灯柱的影子//淡淡地//躺在//雪地上。街中//寥寥的几个行人//匆忙地//走着，留了//一些脚印//在雪上，就默默地//消失了。深深的脚迹//疲倦地//睡在//那里，也不想//动一动，直到//新的脚//来压在//它们的身上，它们//才发出//一阵低微的叹声，被压碎//成了//奇怪的形状，于是//在这一白无际的长街上，不再有//清清楚楚的脚印了，在那里//只有//大的//和//小的//黑洞。

（ⅱ）街灯/已经/燃起/来了，方形的/玻璃/罩子里，清油灯/的光/在寒/风中/显得//更孤寂，灯柱的/影子/淡淡地/躺在/雪地上。街中/寥寥的/几个/行人/匆忙地/走着，留了/一些/脚印/在雪上，就默/默地/消失了。深深的/脚迹/疲倦地/睡在/那里，也不想/动一动，直到/新的脚/来压在/它们/的身上，它们/才发出/一阵/低微的/叹声，被压碎/成了/奇怪的/形状，于是/在这/一白/无际的/长街上，不再有/清清/楚楚的/脚印了，在那里/只有/大的/和小的/黑洞。

《家》中的这一选段，音步与句法的不协之处竟然达到六句之多，难怪时人在阅读时最直观的感受即是“不顺”。

朱自清并非语言学家，但是，他自言长期任职为“国文教员”，故而对语言特别注意，他主张“韵律其实就是声音的自然的调节，凡是语言文字里都有的。”① 基于这样的认知，朱自清以为应该由“朗诵”的顺口与否来判定白话文是否合于“自然的音节”。《匆匆》这一篇短文，在音节结构上，主体句子多为双音节，间以三音节错杂其中，相对于以单音节为主体的古文更为舒展，且按照句法与音步切分，基本能达到重合，形成有声的节奏。朱自清《匆匆》一文的句子节奏与句法切分几乎重合，因而在朗诵时，不

① 朱自清．文艺之力［M］//朱自清全集（第4卷）．南京：江苏教育出版社，1988：104.

会产生生硬之感。但是，上文中冰心与巴金的选段，句法切分与音步切分不重合的地方较多，朗诵所形成的“自然的音节”与句法意义多成抵牾，此种句法与句子节奏的不协调，即为沪上“欧化语体”反对派所说的“不顺口”。朱自清主张用朗诵检验以及校正“欧化语体”之偏，即是感知到了句子的节奏（即“自然的音节”）需与句法的节奏相一致。而“句子的节奏”与“句法”是否协调，则需要朗诵来检验，只有“句子的节奏”与“句法”切分相对一致，白话文学才能逐渐过渡到“国语文学”。朱自清认识到朗诵的“顺口”为“句法”与“音节”的协调，他早期散文语句偏离“自然的音节”这种倾向，在他后期的创作基本得到了校正，这一点将在后面章节中论及。

第二节 “顺耳”与“国语的文学”声音诗学建构

鉴于朱自清散文在现代文学中的影响力，以及朱自清从事中学国文教学、国文教材编写工作的丰富经验，他的声音诗学主张对“国语文学”具有建构意义。中国现代文学发展过程中，朱自清作为重要的白话文学实践者、文学教育先行者，他的作品不仅仅是文学创作，更是语言实践以及教育实践的一部分。朱自清立足于以朗诵为基础的国文教学以及写作经验，培养了一代白话文学读者，进一步促进了白话诗文的普及，并以此为基础，建构了“国语的文学”的声音美学。

一、“朗诵”与“国语的文学”普及化构想

朱自清的挚友叶圣陶这样评价过朱自清的散文，“打通了语言文字，这才可以触及作者的心”①。关于如何用“文字”触及“作者的心”，可以有

---

① 叶圣陶．朱佩弦先生［M］//朱金顺．朱自清研究资料．北京：北京师范大学出版社，1981：3.

多维度的解读：一方面，“语言文字”“触及作者的心”，即为作者通过“语言文字”，能充分地表达自己的内心；另一方面，则意味着读者可以通过“语言文字”理解作者，从而“触及作者的心”。无论就哪个维度而言，叶圣陶显然认为，朱自清“语言文字”的特色，是他散文的成功之处。本部分论述朱自清如何通过“语言文字”的操练，让自己能为读者所理解。笔者认为，在朱自清的散文文字转化体系中，有一个枢纽，即为“朗诵”。朱自清认为，“朗诵”可以训练读者的耳朵，培养读者对白话文学的语音感知，磨练读者的耳朵，推进白话文学的口语化。

如果说胡适在《文学改良刍议》中提出的是从白话口语到白话文学的路径，在新文学发展二十余年后，朱自清的构想蓝图是让读者通过“朗诵”培养对白话文学（主要是“欧化”的白话文学）的语感，使白话文学的书面句法逐步进入现代口语体系中，从而奠定坚实的白话文学读者群体。

胡适当年提出“国语的文学”“文学的国语”两个概念，经过近三十年的发展，朱自清认为当时的“国语的文学”已经拥有广泛的读者群体了，“伸展到小公务员和小店员群众里，区域是很广大了，读众是很不少了”①，但是，因为白话文学语言发展的滞后，白话文学对读者群体的口语影响微乎其微，而要让白话文学语言进入普罗大众的口语中，则需要通过“诵读”磨练读者的听感，进而形塑读者群体的口语习惯。

朱自清还认识到，进入白话文学语言体系中的文言，“上口”本不成问题，但是，由于“欧化语体”的“有些新的词汇、新的语式”既不合于口语，也不合于古文，“得给予时间让它们或教它们上口”②。这些“新的词汇”和“语式”通过教育、通过阅读，逐渐被读者熟悉起来，继而让读者接受欧化的词汇与句式。

朱自清建议用“朗诵”培养新文学读者，以图加速“文学的国语”的

---

① 朱自清．诵读教学与“文学的国语”［M］//朱自清全集（第3卷）．南京：江苏教育出版社，1988：182.

② 朱自清．诵读教学与“文学的国语”［M］//朱自清全集（第3卷）．南京：江苏教育出版社，1988：184.

成长，他认识到，要建成“文学的国语”，就得注重诵读教学，建立诵读的标准。诵读不但可以校正“欧化语体”的不顺口，同时也可培养对现代白话文有语感体验的新文学读者群体：“如果从小学到初高中一直注重诵读，教师时常范读，学生时常练习，习惯自然，就会觉得白话文并不难上口。这班青年学生到了那时候就不但会接受新的白话文在笔下，并将接受新的白话到口头了。他们更将散布影响到一般社会里，这样会加速国语的成长，也会加速‘文学的国语’的造成。”①

新文学运动以来，文学由文言而一变为白话，虽然立意在启蒙，但是语言的变革是第一位的，当时的这种语言的变化，时人称之为“欧化”，朱自清认为“称为现代化也许更确切些”。随着读者群体的增多，“欧化”语体如何转化为日常的口语？朱自清认为通过多“朗诵”，“说的语言自然会跟上来的”。②“我们得靠朗读熟悉这种表现，读惯了就可以上口了”③。在某种程度上，时人对“欧化语体”的指责，更多是因为对这种语体不太熟悉，如果经过朗诵的训练，逐渐习惯了这样的句式，“欧化语体”的这种“不上口”并不是绝对的。④ 朱自清从阅读感受角度分析，认为读者接受新的文学语言需要一个习惯的过程，“夹杂着一些文言和更多的欧化语式。文言本可上口，不成大问题；成问题的是欧化语式，一般人总觉得不能上口；加以非难。他们要的是顺：看起来顺眼，听起来顺耳，读起来顺口。这里是顺口第一；顺口自然顺耳，而到了顺耳，自然也就顺眼”⑤。因而在实际写作中，这种观念不断得到修正与补充。读者，特别是青年读者慢慢意识到欧化语比当时以口语为主体的语体文更具现代汉语书面语的特点。因而，

---

① 朱自清．诵读教学与“文学的国语”［M］//朱自清全集（第3卷）．南京：江苏教育出版社，1988：182.

② 朱自清．中国语的特征在哪里［M］//朱自清全集（第3卷）．南京：江苏教育出版社，1988：58－59.

③ 朱自清．朗读与诗［M］//朱自清全集（第2卷）．南京：江苏教育出版社，1988：393－394.

④ 朱自清．朗读与诗［M］//朱自清全集（第2卷）．南京：江苏教育出版社，1988：394.

⑤ 朱自清．诵读教学与“文学的国语”［M］//朱自清全集（第3卷）．南京：江苏教育出版社，1988：182.

在“欧化”以及“现代化”的浪潮中，哪怕是“欧化语体”的反对者也作出如下的表态，“我不反对中国文字搀用一些西洋文法，因为这可以使中国文字作更多而更合理于现代的利用。但只能一些而已，决不能大量，更只能自然地，不着痕迹地采用，决不能矫揉造作，硬做”①。如何自然地，不着痕迹地采用“欧化语体”，在朱自清看来，除了将欧化句式融入汉语语体中这一途径之外，还可以培养新文学的读者，通过“朗诵”培养读者的语感、音感，从而让“欧化语体”进入口语体系中，使白话文学写作更为“上口”或“顺口”，朱自清曾表达这样的意见：“有些新的词汇新的语式得给予时间让它们或教它们上口。这些新的词汇和语式，给予了充足的时间，自然就会上口；可是如果加以诵读教学的帮助，需要的时间会少些，也许会少得多。”②

当然，关于“朗诵”介入“白话文学”，朱自清有着清晰的认知，在具体的实践中，朱自清也乐于参加各种读书会，以推动自己的主张，但是，在当时的实际环境中，朱自清的主张在多大程度上得以实现，是存疑的。另外，为了“欧化语体”进入口语体系中，进而推动“文学的国语”的成熟这一美好愿景，朱自清在漫长的执教生涯中，矢志不倦地进行推广，且影响了自己的同好，如叶圣陶等，并进而在当时编辑的一些教材中进行实践。因而，这一对散文写作的声音美学主张，不但影响了其个人的散文创作，同时也对当时中国现代文学的发展具有一定的影响。

二、“顺耳”与“国语的文学”声音美学“模范”的建构

20世纪20年代，朱自清登上文坛，成为“美文”的代表作家，其作品被称为“白话美术文的模范”③。何为“模范”？如前所述，在黄伯荣、廖序东主编的《现代汉语》一书中，对“现代汉语普通话”有这样的界定：

---

① 胡山源．小说综论［M］．上海：中央日报出版委员会，1948：59.

② 朱自清．诵读教学与“文学的国语”［M］//朱自清全集（第3卷）．南京：江苏教育出版社，1988：182.

③ 浦江清．朱自清先生传略［J］．国文月刊，1948（72）：30－32.

"以北京语音为标准音，以北方话为基础方言，以典范的现代白话文著作为语法规范的普通话。"① 就现代文学与现代汉语而言，无论"模范"，还是"典范"，朱自清的散文都为现代文学以及现代语言学作出了示范性的贡献。

强调语言内部的声音节奏，是朱自清声音诗学的重要内容之一。自"五四"语言革命以来，现代文学写作呈现出以口语化为主的声音方向，"作文如说话"的语言思维方式显示出了白话文的胜利，但随之而来的是，汉语书写原本的声音美学空间被遮蔽。冯胜利认为，中国现当代文学一大趋势，是"音本位"压倒"字本位"，由于过度重视语言中"说话"的一端，使"现代中国文学日益疏离汉字所包含的无限丰富的文化信息，日益疏离汉字中潜藏着的无限丰富的文学修辞的可能性"②。朱自清创作伊始便不偏执于一端，既关注语言的声音，又关注文字，形成既"文"又"语"的艺术特点；他对声音的关注始于口语的声音腔调，又不止步于自然通俗，而关注悦耳动听的音乐美。

白话文语感的重建，就在于文学语言规范的重建。朱自清以"朗读"为策略，试图转化"欧化语体"造成的白话文阅读语感的缺失，他认为"朗诵"是培养白话文学读者语感以及重建语言规范的重要环节。关于建构现代白话文学的语言规范，早在 1928 年，面对白话文学日渐泛滥的情感宣泄，新文学阵营的梁实秋就提出文学必须要有"纪律"，他认为："文学的力量，不在于开扩，而在于集中；不在于放纵，而在于节制。新古典派所订下的许多文学的规律，都是根据于节制的精神，但是那些规律乃是'外在的权威'，而不是'内在的制裁'。把外在的权威打倒，然后文学才有自由；把'内在的制裁'推翻，文学就要陷于混乱了。新古典派所主张的是要执行'外在的权威'，以求型类之适当；古典派所提倡的是尊奉'内在的制裁'，以求表现之合度"③。虽然朱自清服膺胡适等师长辈的白话文学理

① 黄伯荣，廖序东．现代汉语（上）[M]．北京：高等教育出版社，1991：4．

② 郜元宝．音本位与字本位——在汉语中理解汉语 [J]．当代作家评论，2002（2）：53－73．

③ 梁实秋．浪漫的与古典的：文学的纪律 [M]．北京：人民文学出版社，1988：117．

念，但是，他对白话文的“自由”有自己的理解，对文学有“纪律”这一观念的信奉贯穿他一生的创作。他曾说过：“我不大信任‘自然流露’，因为我究竟是个国文教师。”① 无独有偶，朱自清曾编过一个小册子，题名即为《标准与尺度》。

朱自清在创作早期的散文的时候，就非常注意“文字”等方面的修辞，叶圣陶评价他不同时期的散文时说过：“他早期的散文如《匆匆》《荷塘月色》《桨声灯影里的秦淮河》都有点儿做作，过于注重修辞，见得不怎么自然。到了写《欧游杂记》《伦敦杂记》的时候就不然了，全写口语，从口语中提取有效的表现方式，虽然有时候还带一点文言成分，但是念起来上口，有现代口语的韵味，叫人觉得那是现代人口里的话，不是不尴不尬的‘白话文’。”② 可见，尽管叶圣陶对朱自清前期的散文颇有微词，但是，正是这种“有点儿做作”，才体现了朱自清在寻找现代白话文学规律过程中的努力。叶圣陶在此并未介绍朱自清应用了哪些修辞，而同时代的朱光潜对散文语音修辞的阐述可能更能对这一问题进行说明。朱光潜认为最重要的就是语音的修辞，他反驳了当时那种认为白话文学不需要语音修辞的观点，“我们放弃了古文来做语体文，是否还应该讲声音节奏呢？维护古文的人认为语体文没有音调，不能拉着嗓子读，于是就认为这是语体文的一个罪状。做语体文的人往往回答说：文章原来只是让人看的，不是让人唱的，根本就用不着什么音调，我看这两方面的话都不很妥当”，认为“既然是文章，无论古今中外，都离不掉声音节奏”。③ 而现代白话文所追求的声音美学则是在否定传统声音诗学，继而追求文学语言自然音节的流露，“古文和语体文的不同，不在于声音节奏的有无，而在声音节奏形式化的程度大小。古文的声音节奏多少是偏于形式的，你读任何文章，大致都可以拖着差不多的调子。古文能够拉着嗓子读，原因也就在它总有个形式化的典型……语

① 朱自清．写作杂谈［M］//朱自清全集（第2卷）．南京：江苏教育出版社，1988：107.

② 叶圣陶．朱佩弦先生［M］//朱金顺．朱自清研究资料．北京：北京师范大学出版社，1981：4.

③ 朱光潜．散文的声音节奏［M］//谈文学．西安：陕西师范大学出版社，2019：64－65.

体文的声音节奏就是日常语言的，自然流露，不主故常。我们不能拉着嗓子读语体文，正如我们不能拉着嗓子谈话一样。但是语体文必须念着顺口，像谈话一样，可以在长短、轻重、缓急上面显出情感思想的变化和生展”“不拘形式，纯任自然，这是语体文声音节奏的特别优点。因此，古文的声音节奏容易分析，语体文的声音节奏却不易分析”①，从而主张自然、干净、流畅的现代白话文的声音修辞观念。

新文化运动伊始，胡适等人设想的新文学应是以方言、口语为主体，其途径则为“不避俗字俗语”，可“俗字俗语”如何在书面语中实现，胡适并未明言，也无法明言。周作人当时即敏锐地认识到白话文言的界限未明，则白话文的“名”虽立，但“实”未定。他说：“胡适之先生，他从唐代的诗中提出一部分认为是白话文学，而其取舍却没有很分明的一条线。即此可知古文白话很难分，其死活更难定。”② 就某种程度而言，在“欧化语体”之后，朱自清走上了建构现代汉语语音修辞之路。

白话文运动的初衷为“话怎么说就怎么写”的理想主义，但在实际创作中，口语进入书面语系统中，书面化程度越高，对口语转化为“韵律词语的要求就越严格”③，在此基础上，纯然的口语直接进入文学书面语写作中显然是不现实的。相对于胡适的近于空想的理想主义，傅斯年的“留意说话”④ 显然更具策略性，即意味着在口语到书面语之间还有过渡，需要对不加节制的白话文学进行规范。

以文言为欣赏趣味的传统读书人习惯单音节的铿锵，所谓“要作金石声”，而以双音节乃至于超音节为主体的文字，无疑柔化了文章的音调节奏。现代汉语中多双音节词，加之外来词的影响，存在着大量的多音节词，这与传统文学的单音节词形成了鲜明的区别。“文学革命”的提出，不但要求新文学家承担起思想启蒙的任务，对文学形式的启蒙也是“文学革命”

① 朱光潜．散文的声音节奏［M］//谈文学．西安：陕西师范大学出版社，2019：65.
② 周作人．中国新文学的源流［M］．长沙：岳麓书社，2019：67.
③ 冯胜利．汉语韵律语法研究［M］．北京：北京大学出版社，2005：59.
④ 傅斯年．怎样做白话文［J］．新潮，1919，1（2）：223.

的一种要义。在“欧化语体”盛行时期，其中心的议题即是对传统文句进行“革命”，将传统文人所蔑称的“引车卖浆之流的语气和村妇骂街的口吻”引入新文学中，以乡野之言解构了文言的中心性，体现了“平民文学”的启蒙意义。但是，边缘语言进入到中心，也降低了文字的正式性，习惯于文言为书面语的读者对此类作品多持反对意见，认为阅读困难。面对这样西化的遣词造句法，即便是今天的读者阅读起来也颇觉佶屈聱牙。为实现从口语到书面语的转变，则需将三音节音步为主体的“引车卖浆”之口语转化为现代文学的书面语，从而在文学书面语写作中全面取代文言。朱自清成熟期的散文，以双音节为主，特别是因其国文教育专家这一身份，他的文章广泛选入国文教材，他的以身示范，给当时的白话文树立了“模范”。1935 年，叶圣陶曾讨论过现代书面语的语体规范：“写语体文只是十几年来的事。好些文章，哪怕是有名的文章家写的，都还不纯粹是口头的语言。写语体文的技术还没有练到极纯熟的地步。”① 所以，叶圣陶主张，在写作白话文学的时候，切忌向文言去寻求帮助，而区别文言文与现代白话文的准则，叶圣陶与朱自清一样，也主张以“上不上口”为标准，“区别语体和文言固然可以从逐个词句下手，但是扼要的办法还在把握住一个标准。这个标准简单的很，就是‘上口不上口’。凡是上口的、语言中间通行这样说的词句，都可以写进语体文，都不至于破坏语体文的纯粹。如果是不上口的、语言中间不通行这样说的词句，那大概是文言的传统，只能用在文言中间；或者是文言传统里的错误的新产品，连文言中间也不适用”②。

以上的设想固然可行，但是，这样能够“上口”的范本“从何而来”呢？王风在《文学革命与国语运动之关系》中提出这样的疑问：“‘国语’的范本从何而来？”③ 朱自清较早地注意到白话文范本推广的意义，他在为黎锦熙的《修辞学的比兴观》一书作序时指出，现代修辞学书籍对白话文的范例关注不够，“书中有白话文例二十二个。六个不曾注出处，似乎是随

---

① 叶圣陶．怎样写作［M］．北京：中国友谊出版公司，2019：90.
② 叶圣陶．怎样写作［M］．北京：中国友谊出版公司，2019：131.
③ 王风．文学革命与国语运动之关系［J］．中国现代文学研究丛刊，2001（3）：75－96.

手编的。其余出自《石头记》、《儒林外史》、《老残游记》的五个，出自鲁迅《阿Q正传》及徐志摩《曼殊斐儿》的四个，出于译文的七个。选的太少，范围太狭，不足以代表白话文。况且欧化的白话文和译文，其句式乃至显比，较古文及旧韵文变化很多，值得独立研究"①。在给王力的《中国现代语法》一书作序时，朱自清也表达了这样的忧虑："以《红楼梦》为标准，而辅以《儿女英雄传》。……王先生用这种语言着手建立他的新系统，是聪明抉择。而对于这时代的人，现代语法也将比一般的语法引起更多的兴趣。"② 他认为："语法学家取材自然很难；他若能兼文学批评家最好，但这未免是奢望。本书举的欧化语的例子，范围也许还可以宽些，标准也许还可以严些……中国语的欧化或现代化已经二十六年，该有人清算一番，指出这条路子那些地方走通了，那些地方走不通，好教写作的人知道努力的方向，大家共同创造'文学的国语'。"③

正因为有以上的认知，朱自清期望以自己的写作为新文学指明一条路，而要"走通"这条路，朱自清能做的便是在他所擅长的散文写作方面进行实践。他从"上口"的角度提出文学的声音之美并非诗歌独有，"普通说韵律，但就诗歌而论；我所谓韵律却是广义的，散文里也有的"④。特别是朱自清进而将散文的声音美学与胡适的"自然的音节"调和起来，可见他在写作时对文学革命理念的认同，并试图将之实践到创作中。

文学的声音节奏为现代文学的诸多文人所重视。鲁迅将"音美"与"意美""形美"并列，作为文章美质的一个重要因素；朱光潜在《散文的声音节奏》中对"声音"大为提倡，认为"既然是文章，无论古今中外，都离不掉声音节奏"。他还提出，语体文的声音节奏的最大优势是"不拘形

---

① 朱自清．修辞学的比兴观［M］//朱自清全集（第3卷）．南京：江苏教育出版社，1988：53.

② 朱自清．中国语的特征在哪里？［M］//朱自清全集（第3卷）．南京：江苏教育出版社，1988：58－59.

③ 朱自清．中国语的特征在哪里？［M］//朱自清全集（第3卷）．南京：江苏教育出版社，1988：64.

④ 朱自清．文艺之力［M］//朱自清全集（第4卷）．南京：江苏教育出版社，1988：103－104.

式，纯任自然”。① 在白话文写作中强调的声音节奏，并非古文中的复杂的节律与押韵，而是一种自然的节奏。如本文第四章所论述的，朱自清写作中“谈话风”的语言便是一种自然不拘的声音形式，在此基础上，他还对白话文的声音潜能进行了发掘。

在理论方面，朱自清对音律也颇有研究。1924 年初，朱自清写作《文艺之力》一文，论述了由字音的不同性质带来的不同审美体验，“有刚音，有柔音，有粗涩的音，有甜软的音。清楚而平滑的韵（如‘先’韵）可以引起轻快与美妙的感觉；开张而广阔的韵（如‘阳’韵）可以引起飏举与展扩的感觉。浊声（如ㄅ，ㄉ，ㄍ）使人有努力，冲撞，粗暴，艰难，沉重等印象；清声（如ㄆ，ㄊ，ㄋ）则显示安易，平滑，流动，稳静，轻妙，温良与娴雅。”② 结合中国现代语音修辞的发展，朱自清无疑以作品作出了示范，如在 1926 年，唐钺发表《国故新探》，提出了“隐态绘声”这一概念，在修辞史上留下重要印记。“隐态绘声”，即是“以字音句调间接暗示所叙写的事物的神气。如‘疾徐’，‘缓急’，‘迟速’，其中表示快的字音都是急促，表示慢的都舒长，这就是字音的隐态绘声。”③ 而到 1932 年，陈望道在中国现代修辞学史的里程碑著作——《修辞学发凡》中明确指出，音调是“利用语言文字的声音以增饰语辞的情趣所形成的现象”④。陈望道还指出：文学语言中象征性的音调就指的是字音与字义间相互融合产生的韵味，以及不同性质的字音带给人的不同感受。不管是唐钺的“隐态绘声”论还是陈望道的“象征性音调”的论述，都与朱自清在《文艺之力》中论述的内容，有异曲同工之妙，三者都强调字音具有表情达意的功能，不同的字音能引发人的不同感受。

朱自清对语音的修辞作用有深刻的认识，这种认识也深藏于他的文学写作之中。本书第三章重点分析了朱自清散文中声音节奏的具体呈现方式，包括叠字叠句、轻声音、儿化音、平仄韵等。在各大修辞学论著对语音的

---

① 朱光潜．散文的声音节奏［M］//谈文学．西安：陕西师范大学出版社，2019：65.
② 朱自清．文艺之力［M］//朱自清全集（第4卷）．南京：江苏教育出版社，1988：104.
③ 唐钺．国故新探［M］．上海：商务印书馆，1934：4.
④ 陈望道．修辞学发凡［M］．上海：复旦大学出版社，2022：250.

修辞功能做出全面的介绍之前，朱自清在写作中已经能够自然地运用了。之后各个版本的修辞学论著，涉及语音修辞的部分，朱自清的散文就成为频繁引用的例证之一。

总体而言，朱自清以自己的声音诗学写作，为现代文学的语音修辞写作做出示范。他在文学写作中发掘文字声音的独特作用，从理论及实践方面，证明了语音极具修辞价值，不仅能使文章具有音乐美，还能与文意互为表里，引发相应的情调与风味，促进文章意趣的表达。

第三节 “顺眼”与“文学的国语”的建构

朱自清提出从“上口”到“顺耳”再到“顺眼”的“国语文学”发展路径，期望通过建立新的文学语言范式，再到建立新的美学规则，然后实现现代汉语书面语——“文学的国语”的成立，进而推动“国语文学”的发展。本节试图从“文学的国语”角度论述朱自清在这一方面的贡献。

一、“顺眼”与文学“声音”的意义呈现

在朱自清的文学理念中，“顺眼”不单纯是作为声音诗学的纸面呈现，同时，他希望读者通过“朗诵”熟悉新文学的声音规律，从而接受新文学文本的“意义”。朱自清很明确地表示，文学语言有“达意和表情的作用”，而这种“表情”的变化，朱自清将之称为“‘欧化’或‘现代化’”，读者如何能通过文字而“达意”，则需要熟悉这种文学语言的“欧化”规范，只有熟悉了这样的“欧化语”，才能进而明白“字里行间或话里有话”①。

关于“达意”，在新文学早期，或者命之为“思想”更为合适。周作人在《思想革命》一文中指出新文学的使命即为“思想”的改革，他认为“新文学”绝不是语言或文体的改革，而最主要的是“思想”的改革，因为

① 朱自清曾说过：“因为研究批评和诗，我就注意到语言文字的达意和表情的作用”“我们说达意，指的是字面或话面；说表情，指的是字里行间或话里有话。”参见朱自清.《语文拾零》序［M］//朱自清全集（第3卷）.南京：江苏教育出版社，1988：3.

“形式上是文字文体的改革，但假如将其中的思想部分搁下不提，那么这运动便成了出了气的烧酒，只剩下新文艺腔”①。“五四”一代在“启蒙”的旗帜下，注重于文学“思想”的革命性，沿着五四一代人的“思想革命”的思路，朱自清翻译了《诗与公众世界》一文，认同这样的观点，“诗对于政治改革的关系，使我们这代人发生兴趣”②。他强调白话文学的艺术的同时，也非常关注白话文的思想性，甚至，朱自清认为，在新文学开始的时候，强调文学的思想性与严肃性，是完全符合时代要求的。③ 在这一时期，他不但有长诗《毁灭》与时代的思想革命相律动，同时他还创作了小说《笑的历史》，以“笑声”的消失，来呈现新旧交替时代女性的命运，从而与当时的女性主义相呼应（具体分析参见第三章中第一节中关于《笑的历史》“‘启蒙’声音的外化”的相关论述）。

朱自清意识到高张思想启蒙大旗固然是新文学的题中之义，但艺术价值也是“国语文学”的重要维度，所以，在创作的成熟期，他逐渐用更为平实的“意义”代替棱角分明的“思想革命”，同时强调文章要“达意”，也需要特别注重“表情”的作用。④ 因而，朱自清散文写作重视声音的意义呈现，也特别注意文学语言、句法对新文学“意义”的作用，“运用这种摹声的方法或技巧，需要一些声韵学的知识和旧诗或词曲的训练……再说字音的暗示力并不是独立的，暗示的范围也不是确定的，得配合着句义，跟着句义走。句义还是首要，字音的作用通常是不大量著的”⑤。难能可贵的

---

① 周作人．关于近代散文［M］//周作人散文全集（第9卷）．桂林：广西师范大学出版社，2009：587.

② 朱自清：诗与公众世界（译文）［M］//朱自清全集（第2卷）．南京：江苏教育出版社，1988：410.

③ 朱自清曾作出这样的判断：“现代中国文学开始的时候，强调严肃性，指斥消遣态度，这是对的。”参见朱自清．修辞学的比兴观［M］//朱自清全集（第3卷）．南京：江苏教育出版社，1988：50.

④ 朱自清认为：“中国语达意表情的方式在变化中，新的国语在创造中。这种变化的趋势，这种创造的历程，可以概括的称为‘欧化’或‘现代化’。”参见朱自清．《语文拾零》序［M］//朱自清全集（第3卷）．南京：江苏教育出版社，1988：3.

⑤ 朱自清．胡适《谈新诗》指导大概［M］//朱自清全集（第2卷）．南京：江苏教育出版社，1988：166.

是，朱自清主张在阅读的时候，获得“思想”收益的同时，也不能忽视文字语言方面的修饰作用，“读的方面，往往只注重思想的获得而忽略语汇的扩展，字句的修饰，篇章的组织，声调的变化等”①，特别强调声音与词义的结合，强调“意义”与“形式”的平等，“文艺的内容与形式都能移人情；两者相依为用，可以引人入胜”。②

以上种种，朱自清力图从写作层面体现“声音”的“意义”，同时，他结合传统的韵律之学，试图在解读现代白话文学节律与意义关系的基础上指导青年学生的阅读，期望从读者层面培养对白话文语体的欣赏能力，“欣赏得从辨别入手，辨别词义、句式、条理、体裁，都是基本。囫囵吞枣的欣赏只是糊涂的爱好，没有什么益处”③。在《诗韵》一文中，他介绍了古典诗的韵律特点，也提出现代白话新诗借鉴古典诗韵的可能，以用来指导青年读者的写作与阅读，“这种疏韵除利用句式的整齐复沓外，还可与句中韵（内韵）和双声叠韵等合作，得到新鲜的和谐。疏韵和间韵都有点儿‘哑’，但在哑的严肃里，意义显出了重量”④。

于朱自清而言，他对新文学语音修辞的追求，经历了四个时期。第一时期，朱自清坚持以“自然的音节”为戒律，加入白话文学“破坏旧韵”的时代浪潮中，即为《毁灭》时期的写作。第二时期，在当时“易卜生主义”的女性运动思潮下，朱自清创作了《别》《笑的历史》等小说，如《笑的历史》以女性笑声的变化来体现旧时代中女性的卑微的地位，从而以此来附和当时的女性解放运动（具体分析参见第三章中第一节中关于《笑的历史》“‘启蒙’声音的外化”的相关论述）。在第三时期，朱自清变得更为沉稳，在朱自清创作的盛年，他的《匆匆》《梅雨潭》《桨声灯影里的

---

① 朱自清.《文心》序［M］//朱自清全集（第1卷）. 南京：江苏教育出版社，1988：284.

② 朱自清. 文艺之力［M］//朱自清全集（第4卷）. 南京：江苏教育出版社，1988：105.

③ 朱自清. 论教本与写作［M］//朱自清全集（第2卷）. 南京：江苏教育出版社，1988：44.

④ 朱自清.《原野》与《黑字二十八》的演出［M］//朱自清全集（第2卷）. 南京：江苏教育出版社，1988：406.

秦淮河》《荷塘月色》等篇什，通过文字声音的呈现，将视角从外在世界转移到个体精神世界。《荷塘月色》选入各类“国文”教材中，对现代白话文读者的影响不可谓不大，因而，这是一篇具有典型“语音修辞”① 意图的经典美文。《荷塘月色》对声音的处理，呈现三个层面的努力，第一层次，即是对自然界声音的描摹，朱自清非常看重这一点，也试图追求声音的真实的效果。“小孩的欢笑”“树上的蝉声”与“水里的蛙声”构成文本的声音世界。第二层次是一定程度实现了“重建新韵”这一新文学审美预想。如果说在《匆匆》《梅雨潭》《桨声灯影里的秦淮河》等早期的散文中，朱自清对声韵的写作还有刻意之处，在《荷塘月色》中他则切实实现了以“自然的音节”为目标的对为美文的追求，与传统的“骈三俪四之文”拉开了距离。《匆匆》《梅雨潭》《桨声灯影里的秦淮河》等文多双声叠韵，多排比，显见有刻意为文的痕迹。在《荷塘月色》一文中，以“这几天心里颇不宁静”一句开篇，“这几天”“不宁静”虽然均为三音节，但“这几天”

---

① 所谓“语音修辞”，各种论著有不同的界定，《修辞学词典》认为语音修辞是利用语音手段取得积极的表达效果，这里的语音手段包括重音，长音，叠音双音，叠韵语调以及节奏等因素。唐钺《国故新探》中《音韵之微观的文学功用》，详细论述了“隐态绘声”“双声叠韵”“应响”“同调”等内容，探析了语音修辞的具体表现。陈介白《新著修辞学》中“形式的音调”，分“口调”和“格律”，均从语音表达形式的角度论述形式美，口调有句读法，奇偶法，谐音法，格律是基于音位，音长，音数等形式美组成。陈望道先生《修辞学发凡》中将语音修辞称作词的音调，利用语言文字的声音以增饰语辞的情趣所形成的现象，大体可以分为象征的和装饰的两方面，陈望道非常重视语音修辞，不仅在辞格部分讨论了与语音有关的词格，还在辞趣一章中专设词的音调，认为词的音调是利用语言文字的声音与真实词语的情趣所形成的现象。倪宝元先生《大学修辞》则称为音律，即为着表达一定的思想感情，而将语音的四种要素进行一定组合的规律，语音的四要素指高低，强弱，长短，音色，其中组合的规律，包括响度的组合，节奏的组合，韵律的组合。吴洁敏，朱宏达《汉语节律学》称为节律，指从音节到语篇的不同层次，类音，高音长音强，以及音色的组合规律和层次间的音长音空的组合规律，包括声调，语调，重音，节奏，停延等内容。龙伯纯《文字发凡·修辞卷》，在修辞现象的“语彩”中提到积极的语彩有语趣，音调之风，其中音调包括模声语的利用和音趣的利用，这就是语音修辞的内容。郭绍虞在其论文《中国诗歌中的双声叠喻》中，分析了汉语语音修辞的成因，中国语词在音的方面之孳化，总不外乎数种途径，其一是单音的重复，这成为重言；其二是单音的附加，则成为附加语词的相熟连语；其三是单音的分合，则成为合音或双声叠韵；其四是单音的变化，就成为平仄至四声以至九声。《中国语词之弹性作用》指出文学作品中“单复相和，短长相配，于是整齐中含铿锵，参差中合自然，而文章真掷地可作金石声了”。鲁迅论述文章美质要素时说“意美以感心，一也。音美以感耳，二也。形美以感目，三也”。叶圣陶《要写得便于听》《“上口”与“入耳”》等文章说明语音修辞的作用。朱光潜在《散文的声音节奏》一文中，也深信声音节奏对于文章是第一件事。

来自口语；“宁静”为双音节，具有正式书面语的性质，加上“不”，构成三音节词，则中和了书面语的板正面孔，具有半口语的特征；“心里”为双音节，与以单音节为主体的文言词汇有了明显的距离，但是又非以三音节为主体的口语体；“颇”则为文言语词。所以“这几天心里颇不宁静”这一句话既具有口语通俗的特征，又融合了文言的正式语体。从句式而言，以上这种文言与口语互济的语体是《荷塘月色》主要的韵律特征。第三层次，则是以“声音”见情感。“但热闹是它们的，我什么都没有”① 这一表露感情的经典话语一直是文艺青年表达自己心绪的名句，朱自清以如此直白的语言表达自己隐秘的心绪，与《笑的历史》略微生硬地解读“启蒙”② 有了一定的距离，他相信“文艺的内容与形式都能移人情；两者相依为用，可以引人入胜”③。他还特别指出，白话文学也有自己的韵律之学，而白话文学的韵律，亦然反映文章的意义。所以，“但热闹是它们的，我什么都没有”一句之所以具有如此强大的情感冲击力，不但因为其中具有青年读者所有而难言的情感体验，也因为《荷塘月色》一文所营造的文体氛围。朱自清对语言的声音之效有着深刻的理解，他在《文艺之力》中指出：“另有词句与韵律，虽常被认为末事，却也酝酿着多样的空气，传给我们种种新鲜的印象”④。前述所论，涉及“字音的性质”，而朱自清散文隐藏的“句的组织”则是建构其声音诗学体系的主体，他善于以欧化的文法糅合口语与文言词汇，形成复杂句式，建构现代的白话语体。第四时期，朱自清的散文由灿烂而趋于平淡，以《背影》为起点，《欧游杂记》等篇什更是他文学语言变化的关键之作，基于他对文字声音与意义的认识发生的变化，他

---

① 朱自清. 荷塘月色［M］//朱自清全集（第1卷）. 南京：江苏教育出版社，1988：71.

② 胡适曾说：欧化的白话文就是充分吸收西洋语言的细密的结构，使我们的文字能够传达复杂的思想曲折的理论。参见胡适.《建设理论集（影印版）》导言［C］//中国新文学大系. 上海：上海文艺出版社，2003：24.

③ 朱自清. 文艺之力［M］//朱自清全集（第4卷）. 南京：江苏教育出版社，1988：105.

④ 朱自清. 文艺之力［M］//朱自清全集（第4卷）. 南京：江苏教育出版社，1988：103－104.

认为虽然文字的声音“可以帮助情感的强调和意义的集中”，而“带音乐性”的文字，更是“方便记忆”，但是所有的这些在文学中都是“次要的作用”。所以，这一阶段，他不但反思传统文学的声音美学，同时也开始反思自己早年注重声音的文学实践，“从前往往过分重视这种次要的作用，有时会让音乐淹没了意义，反觉得浮滑而不真切”①。特别是在国外游学之后，认识到英美诗歌韵律尊重自然的语音原则，“我们一向以高响的说话和歌唱为‘好听’（见王了一先生《什么话好听》《国文月刊》）……但是现代的生活和外国的影响磨锐了我们的感觉；我们尤其知道诗重在意义，不只为了悦耳”②。朱自清对文学声音与意义关系的认识，不但随着时代而变化，同时也随着自己创作实践的深入而不断调整，对于呈现于纸面上的文字，朱自清不但期望读者通过有声的阅读体会文字之美，同时也期望他们能感受文字意义的“重量”，他无时无刻不在强调自己作为一位国文教师的身份，同时，也习惯性地将自己的创作放置在时代发展的洪流中去。

二、“顺眼”与现代汉语书面语的建构

如前文所分析的，朱自清以欧化文法为主体，糅合口语与文言词汇，形成现代白话语体，建构了现代汉语书面语体。现代文学由文言向白话转变的过程中，文学语言最重要的改变即是认同“句本位”③ 的欧化文法观。“欧化语体”时期是现代白话文学发展的重要阶段，现代汉语书面语的形成在很大程度上是欧化的结果，同时也是“欧化语体”与“口语体”互济的结果。口语与欧化语体进入书面语体从而形成现代汉语书面语体的过程中，现代白话作家做出了有益的尝试，朱自清就是这一过程中比较重要的一位作家。

---

① 朱自清．诗韵［M］//朱自清全集（第2卷）．南京：江苏教育出版社，1988：402.

② 朱自清．诗韵［M］//朱自清全集（第2卷）．南京：江苏教育出版社，1988：406.

③ 黎锦熙提出“依句辨品，离句无品”的“句本位”语言学思想。参见黎锦熙．新著国语文法［M］．长沙：湖南教育出版社，2007：2.

如前所述，现代汉语建构于现代文学的基础上，“现代汉语普通话”的成立，终于实现了“五四”一代关于“文学的国语”的预想。从“文学的国语”的角度而言，“现代汉语普通话”包括现代汉语口语与现代汉语书面语两个维度。朱自清作为“现代白话文”作家的优秀代表，不但给当时及将来的青年学生确立了散文写作的范本，同时，在建构现代汉语书面语的过程中，他无疑也有着自己的贡献。早在1924年，朱自清发表散文《桨声灯影里的秦淮河》时，就曾被称为“白话美术文的模范”①，这一点可为明证。

在当时，朱自清敏锐地感知到，要建构“文学的国语”，不能再奉“有什么话，说什么话；话怎么说，就怎么说”② 这样的白话文学观为圭臬，白话文学应该有别于“引车卖浆”者之流的口语。有着国文教学经验的朱自清特别注重文学语言，也深切感受到在新的文学语言秩序尚未建立之时，青年学生对庞杂的文学语言莫衷一是的态度。他深感学生写作“层次的杂乱，意思的不贯联，词句的重复”，认为这些毛病是由于学生对新文学作品“阅读太少或不仔细”，要改变这种现状，他认为有必要让读者，特别是学生读者逐渐习惯“欧化语体”的句式，而不能像新文学革命初期那样“过分信赖说话”。在这里，朱自清强调“眼”的阅读与“耳”的听的区别，“眼”的阅读在于阅读落于纸上的书面语，而“耳”的听则着重于“说话”，青年学生“由于阅读太少或不仔细，不能养成阅读的——眼的，不全是耳的——客观的标准，便只能用说话作标准——全是耳的——来阅读自己的写作。但说的白话和写的白话绝不是一致的”③。

当“五四”新文学以摧枯拉朽之势迅速占领文学领域与舆论场域，以“口语”作为区别传统文学语言的标准时，“口语”以何种方式进入书面语

---

① 浦江清．朱自清先生传略［J］．国文月刊，1948（72）：30－32.

② 胡适．建设的文学革命论［J］．新青年，1918，4（4）：6－23.

③ 朱自清．中学生的国文程度［M］//朱自清全集（第2卷）．南京：江苏教育出版社，1988：29.

体中仍是难题，现代有语言学家判定“文言与欧化是拉开与口语距离的必要手段”①。其实吕叔湘对现代文学语言也曾作出相似的判断：“与其说是古代格式的复活，毋宁说是外国语法的输入”②。以上种种，可以说是语言学家的理论论断，也可以说是在广泛阅读现代文学作品之后得出的结论，但是，语言学家的论断，若缺少文学家的语言实践，就无法明确“文言”“欧化语体”，甚至“口语”是如何进入现代文学中，又是如何形成现代文学语言的习惯，并最终形成“现代汉语普通话”的“语言规范”的。朱自清以散文家的身份进入文坛，同时也以“国文”教员的身份出版各类“国文”教学方面的书籍，以朱自清的散文写作为切入点对以上问题进行解读，无疑是一个绝佳的视角。

朱自清主张现代学生在白话文学的浪潮中，应该通过朗诵逐渐适应白话文学的语体习惯，从而熟悉落在纸面的白话文学语体，能读会写，从而促成“文学的国语”的成熟，从现代汉语的视角而言，“文学的国语”的形成则是现代汉语书面语成熟的关键。关于文学语言的韵律，朱自清曾经从字音与句子的结构方面进行过论述。③ 在创作早期，他更偏向对“字音”的雕琢，如《匆匆》《梅雨潭》《绿》《春》等散文名篇（参见本书第四章关于朱自清散文声音诗学的相关论述），而中后期，则更注重于在句子的组织上探索韵律的变化。关于这样的实践探索，朱自清曾这样表述自己对散文语言的实践心得，“《给〈一个兵和他的老婆〉的作者》拟原书的口语体，可惜不大像。《给亡妇》想试用不欧化的口语，但也没有完全如愿……但是以后还打算写写这类文法上的题目”④。

现代语言学家在对比古代与现代书面语的特点后指出，文言（古代书

① 冯胜利．汉语韵律语法研究［M］．北京：北京大学出版社，2005：491．

② 吕叔湘，朱德熙．语法修辞讲话［M］．沈阳：辽宁教育出版社，2002：15．

③ 参见朱自清．文艺之力［M］//朱自清全集（第4卷）．南京：江苏教育出版社，1988：103－104．

④ 朱自清．《你我》自序［M］//朱自清全集（第1卷）．南京：江苏教育出版社，1988：114．

面语）的韵律“以单音为根，一音之发，必表一完整之意”①，而现代汉语书面语的韵律以双音节为标准音步。② 如前所述，欧化语体之所以备受责难，其根源在于早期的欧化语体音节不协调，而现代汉语书面语是“在近代白话基础上，融合了文言、方言及其他语言（主要是西方语言）的成分”③ 而形成，但是，需要注意的是，现代汉语书面语并非“现成”之物，从以单音节为主体的文言到以双音节标准音为主体的白话文学，新文艺创作者杂糅各体成新质，遂成现代汉语书面语。“新文艺腔”其“腔”之形成过程，不但融会各体而成“佶屈聱牙”的语音，也是现代汉语书面语形成过程中的韵律实践。“新文艺腔”是在“白话文言化”“中文西文化”基础上形成的语体杂糅，其“腔调”也因各语体在白话文学中糅合而成的韵律不协而成。借用语言学家的观点，“新文艺腔”“之所以拗口不仅仅是因为其违背了‘双求双’之韵律要求，而且也违背了音节归属原则”④。朱自清在“欧化语体”的基础上，融合口语语体，形成自己的语言风格。

朱自清是从“国语的文学”的基础上进行实践的，他首先是从教育的层面认识文言与白话的语音区别的。区别于文言文对词句“以单音为根”的语音特征，复杂句式是朱自清的第一追求，在《中国新文学研究纲要》中，他曾引用陆志韦的话，说“长短句是‘最能表情的做诗的利器’”⑤，要形成复杂句式，朱自清认为最重要的是“增加词汇”⑥。

---

① 黄侃．文字声韵训诂笔记［M］．上海：上海古籍出版社，1983：99.

② 王洪君．著名中年语言学家自选集［M］．上海：上海教育出版社，2015：306.

③ 孙德金．现代汉语书面语中文言语法成分的界定问题［J］．汉语学习，2012（6）：3－11.

④ 阎玲．书面语中韵律词重组分析［C］．第18届国际汉语语言学学会年会论文集 & 第22届北美汉语语言学会议论文集，2010：264－273.

⑤ 朱自清．中国新文学研究纲要［C］．文艺论丛（第14卷），上海：上海文艺出版社，1982：1－47.

⑥ 朱自清曾说过：“五四运动发展了白话文，也发展了国语。白话文走着普通话的道路；国语大体上走着北平话的道路，可也走着别支官话的道路。白话文和国语的白话确是很不一致的。白话文用各种官话做底子，加上欧化，语录和旧小说的白话，文言，这才够用，可是疙里疙瘩的说不上口。上口的国语北平话在学生们说着的时候也在变，可是主要的是增加语汇，不像白话文里那样骤然增加了许多语式，所以不大显得在变。”参见朱自清．国语和普通话［M］//朱自清全集（第4卷）．南京：江苏教育出版社，1988：532.

朱自清主张“新形式与新音节的发现”，一方面是从句子的长度来衡量，他说：“我读过不少新诗，也觉得这是诗行最适当的长度（新诗每行也该到十个字左右，每行最多五个音节——笔者注），再长就拗口了。这里得注重轻音字，如‘我的’的‘的’字，‘鸟儿’的‘儿’字等。这种字不妨作为半个音，可以调整音节和诗行；行里有轻音字，就不妨多一个两个字的。点号却多少有些相反的作用；行里有点号，不妨少一两个字。这样，各行就不会刀切的一般齐了。”① 朱自清还试图修正“自然的音节”这一观念，他在《诗的形式》一文中指出，“新诗的提倡从破坏旧诗词的形式下手”，同时反思胡适提倡的“自然的音节”，他认为“‘自然的音节’近于散文而没有标准——除了比散文句子短些，紧凑些。一般人，不但是反对新诗的人，似乎总愿意诗距离散文远些，有它自己的面目”②。以上虽然涉及的是诗歌的语言，但是，在朱自清的散文中，这样的写作来得更加成熟。“记述时可也费了一些心在文字上：觉得‘是’字句，‘有’字句，‘在’字句安排最难。显示景物间的关系，短不了这三样句法；可是老用这一套，谁耐烦！再说这三种句子都显示静态，也够沉闷的”③，“李健吾先生的《一个兵和他的老婆》（现收入《坛子》中）是一个理想的故事，可是生动极了。全篇是一个兵的自述，用的也是北平话，充分地表现着喜剧的气分，徐志摩先生的《太平景象》等诗……他将国语语助字全改作北平语语助字，话便容易活起来。我们知道国语语助字有些已经差不多光剩了一种形式，只能上纸，不能上口了”④。

朱自清并非顺应当时“大众语”的呼声，一味反对“欧化语体”，他以为，“欧化语体”虽然“不顺口”，但是这种“不顺口”并没有严格的标准，如果以“拗口或不顺口”来指责“欧化语体”，无疑会阻碍“国语的文

① 朱自清．诗的形式［M］//朱自清全集（第2卷）．南京：江苏教育出版社，1988：400.

② 朱自清．诗的形式［M］//朱自清全集（第2卷）．南京：江苏教育出版社，1988：396.

③ 朱自清．《欧游杂记》序［M］//朱自清全集（第1卷）．南京：江苏教育出版社，1988：290.

④ 朱自清．论白话［M］//朱自清全集（第1卷）．南京：江苏教育出版社，1988：269.

学”的发展，也不会形成新的“文学的国语”。[①] 最主要的是，朱自清基于文学家对语言的敏感，还认识到胡适那一代人提出“口语”体难以进入文学语言中，从而主张“文学语言”有自己的“尊严”，“新诗的白话，跟白话文的白话一样，并不全合于口语，而且多少趋向欧化或现代化。本来文字也不能全合于口语，不过现在的白话诗文跟口语的距离比一般文字跟口语的距离确是远些；因为我们的国语正在创造中。文字不全合于口语，可以使文字有独立的地位，自己的尊严。现在的白话诗文已经有了这种地位，这种尊严”[②]。白话文不讲对仗与用典，虽然打破了传统文言“韵律”的束缚，但是也拉开了与口语的距离。“我们见到的白话，几乎都是与口语有或多或少的距离的”[③]，其目的在于将古文、口语及欧化语“融入”白话文学，破坏旧的韵律再到重建新的韵律，从而实现口语到书面语的转变。

朱自清在书中还强调文学与普通读者的关系，他倾向从具体的词汇、句子等方面着手，使文学更加贴近日常生活，从而让更多的人能够接触和理解国语文学。这种方法不仅使得文学作品更加生动易懂，也促进了国语文学的普及。

---

① 朱自清曾说：“新诗的语言不是民间的语言，而是欧化的或现代化的语言。因此朗读起来不容易顺口顺耳。固然白话文也有同样情形，但是文的篇幅大，不顺的地方容易掩藏。……‘上口’的意义，严格的说，该是“口语里有了的”；现在白话诗文中有好些句式和词汇，特别是诗中的隐喻，就是在受过中等教育的人的口语里面，也还没有，所以便不容易上口。但照一般的用法，‘不上口’好像只是拗口或不顺口，这当然没有明确的分野，不过若以受过现代中等教育的人为标准，出入也许不至于太大。第一意义的‘上口’太严格了，按照这个意义，白话诗文能够上口的恐怕不多；最重要的，这样限制足以阻碍白话诗文的进展，同时足以阻碍口语的进展。白话诗文和口语该是交互影响着而进展的，所谓‘国语的文学——文学的国语’。第二意义的‘上口’，该可用作朗读的标准。这所谓‘上口’，就是使我们不致歪曲我们一般的语调。……例如长到二三十字的句，十余字的读，中间若无短的停顿，便不能上口；国语每十字间总要有个停顿才好。又如国语中常用被动句，现在固然不妨斟酌加一些，但不斟酌而滥用，便觉刺耳。口语和白话文里不常用的译名，不容易上口；诗里最好不用，至少也须不多用——外国文更应该如此。他称代词‘它’和‘它们’，国语里极少，也当细酌。文言夹在白话里，不容易和谐；除非白话里的确缺少那种表现，或者熟语新用，但总是避免的好。至于新诗里的隐喻常是创造的，上口自然不易。”参见朱自清．朗读与诗［M］//朱自清全集（第2卷）．南京：江苏教育出版社，1988：393.

② 朱自清．诗的形式［M］//朱自清全集（第2卷）．南京：江苏教育出版社，1988：400.

③ 张中行．白话和文言［M］．上海：中华书局，2017：194.

结 语

20 世纪，朱自清凭借漂亮缜密的散文创作而享誉文坛，他的散文创作打破了白话不能作美文的迷信，并被称为“白话美术文的模范”①。纵观朱自清白话文写作的历程，可以发现他散文写作的成功并不是一蹴而就的，而是经历了从小说、诗歌再到散文的写作试验，从而逐渐形成自己的文学美学观。朱自清的散文美学观的形成与当时“国语文学”的提出息息相关。一方面，“国语文学”的提出形成了文学与语言“双潮合一”② 的局面，身处时局中的朱自清，在文学写作的时候，对语言的要求自然也不轻言放松；在另一方面，随着胡适在《文学改良刍议》中提出颠覆文言文韵律规律的言论后，刘半农再提“重造新韵”的主张，白话文新的声音审美规范亟须建立，就此而言，朱自清在“国语文学”发展过程中的贡献不可谓不大。

从早期白话文写作的文白掺半到自然流利、悦耳动听，朱自清一直将语言的声音作为一个重要标准。分析与阐述朱自清文学语言蜕变背后的原因，成为一个重要问题。结合朱自清所参与的演讲、朗诵等相关活动，以及他有关文学语言的相关论述，笔者发现朱自清的文学写作中有一条明晰的声音线索，也体现了朱自清独特的声音诗学观。

由于从小深受士大夫文化的影响，朱自清养成了庄重、矜持、内敛的

---

① 浦江清．朱自清先生传略［J］．国文月刊，1948（72）：30－32.

② 文学与语言“双潮合一”是由黎锦熙提出来的，参见黎锦熙．国语运动史纲［M］．北京：商务印书馆，2011：136.

性格，这使他以一种独特的姿态出现在中国现代文坛之上。朱自清谦虚地称自己为“大时代的一名小卒”①，对于当时文坛上的各种论争，他大多只是温和地表明自己的观点。受其个人性情的影响，朱自清始终以谦逊的姿态进行着文学写作，躬耕于语言文字的土壤，不知疲倦也不问收获。正是由于对语言文字的这份诚挚与热忱，他才能关注到语言的声音这一细微的审美领域，并做出自己的开拓。

朱自清以声音为尺，把语言的上口作为写作的标准，他提倡在出声的朗读中不断修改文章，直到语言字清句顺，朗朗上口。还认为韵律就是声音的自然的调节，是所有的语言文字中都有的。另外，除了语言文字内部的声音之外，朱自清以诗人般敏锐的艺术感知力关注着语言外部的声音，外界的声音既是他艺术感知的来源之一，也是他艺术表达的一种方式。

在朱自清的声音诗学中，他所关注的语言层面的声音要素是层层递进的：从白话文写作的自然顺口，到语言的声音节奏美。而对于语言外部的声音，他一直以敏锐的方式感知、体会着，并融进了自己的文学创作。在现当代文学史上，还有许多文人也和朱自清一样，自觉以声音作为标准进行文学写作，将语言的声音与意义看得一样重要。鲁迅在《我怎么做起小说来》中提到：“我做完之后，总要看两遍，自己觉得拗口的，就增删几个字，一定要它读得顺口；没有相宜的白话，宁可引古语，希望总有人会懂。”② 鲁迅文学语言的魅力也需要出声的朗读才能体会。老舍也与朱自清一样，边朗读边修改文章，用耳朵监督嘴巴，当耳朵通不过时，他便会修改，甚至连一些语气词都不轻易放过。与朱自清一样，语言的声音的上口悦耳，是他们文学创作的一个标准。从语言的声音角度来考察现当代文学中的作家作品，可以发现一些重视语言声音的作家的文学创作都具有一些相似之处——那就是他们的语言既可以看，更可以读，甚至可以选作语文

---

① 朱自清．《背影》序［M］//朱自清全集（第1卷）．南京：江苏教育出版社，1988：33.

② 鲁迅．我怎么做起小说来［M］//鲁迅全集（第4卷）．北京：人民文学出版社，2005：526.

教育的范本。

朱自清在文学写作中对语言声音的关注与实践，为文学与声音的关系研究提供了宝贵的样本。研究朱自清文学作品中的声音诗学，既能帮助我们深入认识与理解朱自清文学写作风格的形成，又引导我们用一种新的思维方式品味与赏析，以及创作文学作品。

参考文献

一、作品类

［1］朱自清．朱自清全集［M］．南京：江苏教育出版社，1988.

［2］鲁迅．鲁迅全集［M］．北京：人民文学出版社，2005.

［3］李东阳．李东阳集［M］．长沙：岳麓书社，2008.

［4］沈从文．沈从文全集（1～17 卷）［M］．太原：北岳文艺出版社，2002.

［5］朱光潜．朱光潜全集（第 4 卷）［M］．合肥：安徽教育出版社，1988.

［6］魏建功．魏建功文集（第 1 卷）［M］．南京：江苏教育出版社，2001.

［7］王国维．人间词话：汇编、汇评、汇校本［M］．太原：北岳文艺出版社，2004.

［8］老舍．出口成章［M］．北京：作家出版社，1964.

［9］叶圣陶．叶圣陶教育文集（第 3 卷）［M］．北京：人民教育出版社，1994.

二、著作类

［1］郁达夫．中国新文学大系（散文二集）［M］．上海：上海文艺出版社，1981.

［2］陆机，钟嵘．文赋诗品译注［M］．杨明译注．上海：上海古籍出版社，2019.

[3] 刘勰．文心雕龙辑注［M］．黄叔琳，注．纪昀，评．北京：中华书局，1957.
[4] 范文澜．文心雕龙注［M］．北京：人民文学出版社，1958.
[5] 刘大櫆．论文偶记［M］．北京：人民文学出版社，1959.
[6] 王夫之．姜斋诗话笺注［M］．戴鸿森，笺注．北京：人民文学出版社，1981.
[7] 高友工．美典：中国文学研究论集［M］．北京：生活·读书·新知三联书店，2008.
[8] 吴周文，等．朱自清散文艺术论［M］．南京：江苏教育出版社，1994.
[9] 陈平原．有声的中国——演讲的魅力极其可能性［M］．北京：商务印书馆，2023.
[10] 陈平原．大学何为［M］．北京：北京大学出版社，2015.
[11] 孟子厚，安翔，丁雪．声景生态的史料方法与北京的声音［M］．北京：中国传媒大学出版社，2011.
[12] 朱金顺．朱自清研究资料［M］．北京：北京师范大学出版社，1981.
[13] 姜建，吴有为．朱自清年谱［M］．合肥：安徽教育出版社，1996.
[14] 林语堂．中国人［M］．上海：学林出版社，2007.
[15] 韦勒克，沃伦．文学理论［M］．北京：生活·读书·新知三联书店，1984.
[16] 加达默尔．真理与方法——哲学诠释学的基本特征［M］．上海：上海译文出版社，2004.
[17] 冯胜利．汉语韵律句法学［M］．北京：商务印书馆，2013.
[18] 郭绍虞．照隅室语言文字论集［M］．上海：上海古籍出版社，1985.
[19] 唐钺．国故新探（卷一）［M］．上海：上海商务印书馆，1934.
[20] 陈望道．修辞学发凡［M］．上海：上海教育出版社，2006.
[21] 蔡元培，等．中国新文学大系导论集［M］．上海：上海良友复兴图书印刷公司，1940.

［22］俞平伯，等．最完整的人格——朱自清先生哀念集［M］．北京：北京出版社，1988.

［23］王东杰．声入心通——国语运动与现代中国［M］．北京：北京师范大学出版社，2019.

三、期刊文章类

［1］郜元宝．音本位与字本位——在汉语中理解汉语［J］．当代作家评论，2002（2）.

［2］渭川．读后感：朱自清君的“笑的历史”［J］．小说月报，1923，14（8）.

［3］翳蒲，镜如．读后感：朱自清君的“笑的历史”［J］．小说月报，1923，14（10）.

［4］善行．读后感：朱自清君的“笑的历史”［J］．小说月报，1923，14（12）.

［5］胡适．建设的文学革命论［J］．新青年，1918，4（4）.

［6］朱光潜．敬悼朱佩弦先生［J］．文学杂志，1948（3）.

［7］傅斯年．怎样做白话文［J］．新潮，1919，1（2）.

［8］浦江清．朱自清先生传略［J］．国文月刊，1948（72）.

［9］俞平伯．读毁灭［J］．小说月报，1923（14）.

［10］朱自清．内地描写——读舒新城先生〈故乡〉的感想［J］．太白，1934，1（5）.

［11］秦毅．文学的标准和尺度：记朱自清先生三月十三日在清华大学的讲演［J］．清华周刊，1947（4）.

［12］朱自清，叶金根．了解与欣赏：这里讨论的是关于了解与欣赏能力的训练［J］．国文月刊，1943（20）.

［13］朱自清．语文杂谈［J］．人生与文学，1935（3）.

［14］朱佩弦，姚殿芳，叶金根．诗的语言［J］．国文月刊，1942（17）.

［15］陈士林，周定一．中国语文诵读方法座谈会记录［J］．国文月刊，

1947（53）.
［16］朱自清，段联瑗．怎样学习国文：在昆明中法中学讲演［J］．国文杂志，1945（3）.
［17］朱自清，李军，邱鹰．文学与新闻［J］．国文月刊，1943（19）.
［18］朱自清．文学与语言［J］．文学批评，1943（2）.
［19］刘半农．我之文学改良观［J］．新青年，1917，3（3）.
［20］吴周文，等．诗教理想与人格理想的互融——论朱自清散文的美学风格［J］．文学评论，1993（3）.
［21］郜元宝．为什么粗糙？——中国现代知识分子语言观念与现当代文学［J］．文艺争鸣，2004（2）.
［22］罗良功．论美国非裔诗歌中的声音诗学［J］．外国文学研究，2015，37（1）.
［23］陈伯海．中国诗学的声韵节奏论［J］．河北学刊，2006（3）.
［24］张闳．莫言的茂腔叙事及声音诗学［J］．小说评论，2020（5）.
［25］陈引驰．“文”学的声音：古代文章与文章学中声音问题略说［J］．文艺理论研究，2012，32（5）.
［26］孙绍振．《背影》背后的美学问题［J］．语文世界（教师之窗），2010（3）.
［27］吴周文．张王飞．朱自清散文文体的独创性及特殊的“语言指纹”［J］．江苏社会科学，2017（1）.
［28］麦石安．论朱自清散文的意境创造［J］．中山大学学报（社会科学版），1996（5）.
［29］陈庆汉．行文如诗　笔笔如画——试论朱自清早期散文移觉辞格的运用［J］．修辞学习，2001（5）.
［30］陈孝全．论朱自清的诗歌创作［J］．天津师院学报，1980（3）.
［31］陈孝全．朱自清散文“以文作画”的艺术［J］．华东师范大学学报（哲学社会科学版），1996（3）.
［32］袁向荣．论审美视角下的普通话轻声美感［J］．湖南工业大学学报

（社会科学版），2009，14（6）.
［33］郑建华．浅论朱自清散文语言中的“通感”艺术［J］．盐城师专学报（人文社会科学版），1997（3）.
［34］巫洪亮．重审 20 世纪 20—80 年代中国新诗朗诵的声音景观［J］．现代中国文化与文学，2022（1）.
［35］徐丽鹃．中国古代声音诗学理论研究的回顾与反思［J］．中外文论，2020（1）.

四、学位论文类

［1］魏雯静．张执浩的声音诗学［D］．武汉：华中科技大学，2020.
［2］吴佳卉．上海文学中的声音景观与城市想象——以爵士乐书写为中心［D］．上海：上海外国语大学，2022.
［3］姜燕．汉语口语美学研究［D］．济南：山东师范大学，2011.
［4］张蓬．中国“新文学”与“国文教育”互动关系研究［D］．长春：东北师范大学，2021.

附录一
朱自清演讲活动整理表

时间	演讲题目
1920 年 4 月 6 日	《平民教育是什么》《靠自己》
1920 年 4 月 18 日	《我们为什么要求知识》
1920 年 5 月 2 日	《我们为什么要纪念劳动节》
1924 年 5 月 15 日	《刹那》
1924 年 9 月 19 日	《我们对于文学的态度》
1924 年 10 月 10 日	在春晖中学作演讲，讲题不详
1932 年 9 月 14 日	《在伦敦所见之读诗会》
1932 年 10 月 3 日	在燕京大学国文学会做演讲，讲题不详
1932 年 10 月 8 日	《中国诗之出路》
1933 年 3 月 18 日	《中国歌谣》
1934 年 12 月 7 日	《白话与文言》
1935 年 5 月 23 日	《语文杂谈》
1935 年 5 月 25 日	《语文杂谈》
1935 年 11 月 10 日	《一九二七年前新诗运动》
1936 年 11 月 20 日	在归绥中学作演讲，讲题不详
1937 年 5 月 3 日	《青年与历史》
1937 年 12 月 20 日	在岳云中学作演讲，讲题不详
1938 年 3 月 28 日	《新语言》
1938 年 5 月 4 日	在北京大学纪念“五四”集会上作演讲，讲题不详

（续表）

时间	演讲题目
1939 年 3 月 17 日	《语言文字训练问题》
1939 年 6 月 19 日	《诗与语言》
1939 年 11 月 30 日	《中学生的国文程度》
1941 年 3 月 1 日	《诗的具体性》
1941 年 3 月 24 日	《作文的规范》
1941 年 8 月	文学与新闻
1941 年 11 月 17 日	《宋诗尚理》
1941 年 11 月 22 日	《怎样学习国文》
1941 年 11 月 26 日	《怎样学习国文》
1942 年 3 月 21 日—1942 年 3 月 25 日	《诗的语言》
1942 年 4 月 20 日	《了解与欣赏——这里讨论的是关于了解与欣赏能力的训练》
1942 年 4 月 28 日	在联大师范学院附属学校作演讲，讲题不详
1942 年 6 月 19 日	《文学与语文》
1942 年 8 月 12 日	《报纸与文学》
1942 年 9 月 24 日	《中国文学批评》
1942 年 9 月 30 日	在华山小学作演讲，讲题不详
1942 年 10 月 16 日	在财政训练所作关于诗的演讲，讲题不详
1943 年 1 月 8 日	在云南省选送工费留美学生预备班开学典礼作演讲，讲题不详
1943 年 2 月 20 日	《中国散文的发展》
1943 年 3 月 19 日	《谈诗》
1943 年 4 月 1 日	讲题不详
1943 年 11 月 3 日	讲题不详
1943 年 11 月 28 日	在云瑞中学作演讲，讲题不详
1944 年 5 月 16 日	在中法大学作演讲，讲题不详
1944 年 5 月 20 日	《人和我》

（续表）

时间	演讲题目
1944 年 6 月 7 日	《诗与文学的原则与技巧》
1944 年 9 月 22 日	在燕京大学作演讲，讲题不详
1944 年 10 月 3 日	讲题不详
1945 年 7 月 12 日	《新诗的趋势》
1945 年 11 月 10 日	在五华中学说林社作演讲，讲题不详
1946 年 7 月 21 日	《闻一多先生与中国文学》
1946 年 9 月 13 日	《现代散文》
1946 年 9 月 27 日	《现代散文》
1946 年 9 月 30 日	《青年时代》
1946 年 12 月 13 日	在中国语文诵读方法座谈会作演讲，讲题不详
1947 年 3 月 13 日	《标准与尺度》
1947 年 4 月 9 日	《闻一多先生与诗》
1947 年 4 月 11 日	《论气节》
1947 年 5 月 1 日	《五四时代的文艺》
1947 年 5 月 5 日	《文学的严肃性》
1947 年 11 月 16 日	《“好”与“妙”》
1947 年 12 月 12 日	在通县潞河中学作讲演
1948 年 2 月 29 日	《诗文与朗诵》
1948 年 3 月 14 日	《国语和普通话》
1948 年 3 月 31 日	《国语和普通话》

附录二
朱自清朗诵活动整理表

时间	活动
1931 年 11 月 5 日	在诗籍铺所办读诗会听诗朗诵，所读为维多利亚女王时代的诗集
1931 年 11 月 12 日	在诗籍铺所办读诗会听诗朗诵，豪斯曼自读其诗
1931 年 11 月 19 日	在基尔德会堂所办读诗会听约翰·高尔斯华绥朗诵
1934 年 5 月 22 日	参与朱光潜所办朗诵会，朗诵《卡尔佛里》《给亡妇》
1934 年 10 月 29 日	参与哈里特·蒙罗小姐的诗朗诵会
1935 年 2 月 16 日	参与朱光潜所办朗诵会，听唐宝兴、孙大雨、林庚等人朗诵
1935 年 3 月 24 日	参与朱光潜所办朗诵会，听李健吾等人朗诵
1935 年 4 月 3 日	主持读诗会，听唐宝兴、张清常等人朗诵
1935 年 6 月 3 日	参与朱光潜所办朗诵会
1935 年 11 月 10 日	参与朱光潜所办朗诵会
1936 年 4 月 25 日	参与朱光潜所办朗诵会，听顾颉刚等人朗诵
1945 年 6 月 16 日	参与五华中学诗歌朗诵会，朗诵所译诗作《我的国家》

附录三
朱自清散文入选教材资料汇总表

时间	教科书名称	入选篇目
1920—1949 年	《初中国语文读本》（20 世纪 20 年代）	《匆匆》《春》《别》
	《基本教科书国文》（20 世纪 30 年代）	《背影》《荷塘月色》
	《开明新编国文读本》（20 世纪 40 年代）	《背影》《交湖风景》《莱茵河》《伦敦的动物园》
1978—1986 年	1978 年语文教材（人教版）	《歌声》（初中）《荷塘月色》《绿》（高中）
	1982 年语文教材（人教版）	《春》《背影》（初中）《荷塘月色》《绿》（高中）
1986—2002 年	语文教材（人教版）	《匆匆》（小学） 《春》《背影》（初中） 《荷塘月色》《绿》《威尼斯》（高中）
2002 年至今	语文教材（人教版）	《匆匆》（小学） 《春》《背影》（初中） 《荷塘月色》（高中）

后　记

当年在县中上学时，语文老师是一位文艺青年，夏天白衬衫塞在黑色的西裤里，秋冬穿上那时还不太常见的风衣，长身玉立，行走在校园，真是一道风景。偶尔在早晚自习的时候，老师会读一段自己在校文学社社刊上发表文章，读完，微眯着眼睛，似在回味，也似在等着我们的掌声。今天想来，当年女同学的青春偶像应该就是他了。

上课呢，语文老师也有自己强烈的爱憎，遇到课文中他不喜欢的作家作品，便会用手捏着书角，提起来，抖一抖，眼睛扫视全班，然后嘴角上翘，轻蔑地说："这样的人也能出名?"我们在下面都哄笑起来。当时大家都私下议论，我们的老师是生不逢时，如果早生几十年，他应该能写出惊天动地的作品，应该比书本上的某某作家更出名。我就老实说了吧，当时语文老师极为看不起的两位大作家就是冰心与朱自清。

很长一段时间，提到这两位作家，我在心里就撇起嘴。

人生有很多奇妙的地方，谁能想到当年对语文老师的高谈阔论随喜赞叹的我，若干年后竟然成了讲授现代文学的教师。一些文学爱好者一旦知道我的身份，往往会摆出挑衅的姿态问道："现代文学哪一点比得上古代文学啊?"我一向不喜争辩，且这样的问题又岂是一言两语可以辨明，所以往往含糊其词地答道："一个时代有一个时代的文学呢。"以示弱、以示好、以平抑争论。平心而论，现代文学史中视为经典的作品经典性何在？作为从业人员，的确需要明确的论据来"说服自己"。

现代文学第一个十年，赵家璧邀约各大家编写了“新文学大系”，“拿出货色”来对新文学反对派们加以回击，胡适评价这套作品选为新文学的“果子”。时过百年，这套选集中的很多作家，仍被我们尊为现代文学史上的经典作家，虽然在今天看来，当年的一些溢美之词，似有“戏台里喝彩”的嫌疑，但是不能否定的是，“五四”一代的经典作品，对我们现代文学乃至文化产生了的巨大影响力。或许，我们可以从汉语文学的发展过程来解释这一个问题，在20世纪初年这样一个“王纲解纽”的时代，旧的秩序破坏了，新的“纪律”尚未建立，当时的文学者们，或归心于古典，或心属革新，革新一派在我们今天的文学史讲述中，被视为主流。但是，在具体的文学写作中，“守旧派”有旧的文学规则可以借鉴，只需在传统基础上更进一步即可。现代文人打破旧“枷锁”之后短期内空无依傍，没有了文学语言规范限制，自由主义文学登堂入室，“绝端的自由”“绝端的自主”的思想与文字形成狂飙突进时代的语体特色。

自由的空气下，仍旧有着“无规矩不成方圆”的隐忧，在得到自由的短暂兴奋之后，新文学写作者亟须“文学的纪律”。适逢其时，傅斯年提出了“欧化语体”，“欧化语体”扩展了句子的长度，增加了语言的深度，能更自如地表达复杂的思想，提升了现代文学启蒙的深度与广度。刘半农提出的“破坏旧韵，重造新韵”的构想也暗合新旧转换时代文化人的心声。

“欧化语体”是建构成熟的现代文学语言规范进程中的重要一环，但这是一个渐进的过程，并非一蹴而就。当我们回望那一时代的文学作品，哪怕是进入经典行列的作品，现代的读者仍未感到惬意。若是孤立地评价某一单篇，后代读者作出的种种批评似乎不算苛刻。但是，若将之放置在“五四”的时代语境中，作为后来者的我们也要了解，正因为有了他们那些看似别扭，甚至笨拙的语言实践，才会有今天这样纯熟的现代汉语书面语。现代白话文学，是我们现代汉语普通话的“因”，若是无此“因”，则没有我们现代汉语普通话的“果”。20多年前，我所经历过的高中语文课堂，那一阵阵讪笑，无乃太苛求。

本书重提朱自清的话题，仅仅想说明一件事实：以朱自清为代表的散文家，用自己的文学实践，建构了现代文学语言的规范，这些语言规范，即是现代汉语普通话形成的基础。因而，回溯过去的文学史实，应该明白今天的语言习惯，是“果”，新文学那一代的创作，才是“因”，我们只能以“果”推“因”，而不能倒“果”为“因”。

哲人所谓“知易行难”。这样的论题，对于本人来讲，是诱惑，同时也是冒险，这一写作愿景能实现多少，其实本人并无把握。这几年对音韵学知识虽有补缺，但实际收获甚少，所以这方面的内容在本书中展开亦不多，这也是真的无法可想的事了。